Schanzen-Slam

Victoria B. Robinson

Schanzen-Slam

Roman

ANAIS

Widmung

Für alle, die die Schanze geliebt haben,
für alle, die lieben,
und ganz besonders für alle, die sich trauen.

Danke an

die Menschen, die mich inspiriert haben,
die Freunde, deren Geschichten ich verwenden durfte,
und an die Schwestern und Brüder, die den Weg bereitet haben.
Yes, we are walking indeed!

INHALT

Kapitel 1

Aller guten Dinge sind drei

Der letzte richtige Mädelsabend war schon viel zu lange her. Wahrscheinlich schon Monate. Normalerweise, also früher, haben sich Lea, Paula und Tine mehrmals in der Woche getroffen und dauernd Zeit miteinander verbracht. Geredet, gelacht, gefeiert oder auch mal geflucht und geheult. Mit kleineren Höhen und Tiefen lief das über Jahre so und sie dachten eigentlich, es würde für immer so weitergehen. Aber irgendwie, irgendwann, schleichend und unbemerkt, kam das Leben dazwischen.

Mittlerweile verabredeten sie sich meist nur mal spontan für dreißig Minuten, um einen Kaffee zu trinken. Wenn überhaupt. Manchmal gab es auch nur eine schnelle Textnachricht. Die Versuche, Pärchendates aus ihren Treffen zu machen, waren leider auch noch nie so recht geglückt.

Zum einen gab es nie einen besonders guten Draht zwischen den männlichen Anhängen. Zum anderen war der ganze Spaß dann auch weg. Männer waren ja viel zu empfindlich für offene Gespräche. Und das war das eine, das sich in ihrer Freundschaft nicht veränderte, egal, wie selten sie sich sahen: Wenn sie zusammensaßen, kamen *alle* Themen auf den Tisch. Da war Rücksicht auf Männer und ihre Befindlichkeiten nur ganz schwer aufzubringen. Und konnte jeden Spaß verderben. Abgesehen davon, dass nie alle drei gleichzeitig Beziehungen hatten. Im Grunde war das jetzt schon der Rekord: Zwei von dreien – Lea und Tine – waren einigermaßen ernsthaft liiert. Ob sie das auch tatsächlich sein und bleiben wollten, war ihnen allerdings selbst nicht immer klar. Denn manchmal schien es einfach verlockender, sich frei zu fühlen und das Leben in all seinen Facetten auszukosten.

Sie alle sehnten sich nach gemeinsamen Gesprächen und so hatten Lea, Paula und Tine seit Ewigkeiten versucht, einen Termin zu vereinbaren, um endlich einmal wieder unter sich zu sein. Aber über die Planung ging es leider nie hinaus. Meistens hatte Paula doch noch einen Job bekommen oder Lea musste schnell in der Bar einspringen oder einer der Boyfriends brauchte Unterstützung. Doch diesmal wollte Lea keine Ausreden gelten lassen. Tine und Paula mussten einfach mit ihr zu dem heute stattfindenden Poetry-Slam direkt neben der Bar, in der sie arbeitete. Lea liebte Lyrik, hatte es aber noch nie geschafft, die anderen beiden davon zu überzeugen, dass es Spaß macht, sich einen Abend lang selbstgeschriebene Gedichte und Geschichten anzuhören. Die dachten nämlich, dass so etwas höchstens für verstaubte Intellektuelle interessant sein könnte, aber nicht für Frauen, die sich gerne amüsieren. Doch Lea wollte sich nicht damit abfinden, dass ihre langjährigen Freundschaften sich mehr und mehr in Luft auflösten, weil sich ihre Ziele und Interessen auseinanderbewegten. Telefonieren reichte ihr nicht mehr. Sie wollte ihre Mädels sehen. Deshalb hörte sie auf, für ihre Ausreden Verständnis zu heucheln, und bestand ganz energisch darauf, dass heute der Tag war, an dem wieder andere Zeiten anbrechen mussten.

Sie war aufgeregt, als erst Tine und dann auch Paula in der Bar »Raum 3« auftauchten, in der Lea ihre Schicht als Kellnerin abwickelte. Der Laden war früher mal eine Metzgerei gewesen. Davon zeugten die alten Kacheln, die noch immer an den Wänden hingen und zum Teil in matten Farben bemalt waren. Gerade Paula war froh darüber, dass an einem

Ort, an dem früher Körper zersäbelt worden waren, heute Bioprodukte über die Theke gingen. »Viel bessere Energie!«, meinte sie, »da hat sicherlich mal jemand ein Reinigungsritual durchgeführt, sonst würde sich das hier nicht so positiv anfühlen. Du würdest es sonst gar nicht aushalten, hier zu arbeiten, Lea, dafür bist du viel zu feinfühlig.« Paula unterstrich ihre Aussage, indem sie mit geschlossenen Augen ihre Hände in Brusthöhe durch die Luft gleiten ließ, um Schwingungen zu spüren. Anscheinend war sie mit dem Ergebnis zufrieden und konzentrierte sich wieder auf die sichtbare Welt.

»Keine Ahnung, Paula, aber wir müssen auf jeden Fall die Zeit nutzen, solange ich hier noch arbeite! Wenn das vorbei ist, müssen wir ja unsere Drinks selbst bezahlen!«, gluckste sie, während sie ihren Freundinnen jeweils ein Astra in die Hand drückte.

»Wie? Tut sich da was bei dir?«, wollte Paula wissen.

»Also, es sind ja nur noch ein paar Monate, bis meine Abschlussprüfungen vorbei sind. Deswegen muss ich mich langsam mal darum kümmern, wie es danach weitergeht. Und ich habe ja noch die Bewerbung bei dieser Filmproduktion laufen. Wenn alles klappt, kann ich da schon ab nächster Woche arbeiten. So ein paar Tage die Woche. Zum Kennenlernen.«

»Wie cool, herzlichen Glückwunsch!«, freute sich Paula.

»Ja, danke, ist aber leider unbezahlt. Das heißt also, dass ich noch ein bisschen mehr hier arbeiten und gleichzeitig lernen muss. Aber was soll's? Sind ja nur ein paar Monate.«

»Ach, das freut mich für dich, Lea. Ich wünschte, ich hätte auch was in Aussicht. Aber da tut sich gar nichts. Überhaupt nichts, keine Chance«, beschwerte sich Tine.

»Ja, von alleine tut sich da auch nichts, Tine. Da kannste lange warten«, sagte Paula in einem Ton, der bei Tine sofort zu einer patzigen Gegenreaktion führte: »Genau, Paula, danke für die Info. Am besten ich mach's wie du und werde Promoterin. Es gibt ja immer irgendeinen Schwachsinn, den man den Leuten andrehen kann!«

»Hey, Leute«, unterbrach sie Lea. »Können wir uns heute nicht mal ganz entspannt über meine Zusage freuen? Oder einfach versuchen, einen schönen Abend miteinander zu verbringen? Lasst uns erst mal einen Tequila trinken! Ist brauner in Ordnung?« Ohne auf eine Antwort zu warten, drehte Lea sich um und begann mit den Vorbereitungen. Sie war nicht bereit, sich die Laune verderben zu lassen, stellte eilig drei Schnapsgläser auf die Theke und füllte sie bis zum Rand. Sie schnappte sich eine Orange aus dem Obstkorb und schnitt ein paar Scheiben ab, die sie auf den Gläsern ablegte. Da sie den Zimt nicht finden konnte, sprach sie ihren Barkollegen Ken an, der lässig am anderen Ende der Theke stand: »Hey Sweety, hast du schon wieder das braune Pulver weggeschnupft?«

Der drehte sich nur langsam in ihre Richtung und nickte Lea ironisch lächelnd zu. Sein Gesicht sagte »ganz bestimmt«. Ansonsten ignorierte er sie und blätterte weiter stehend in seiner Zeitschrift.

»Seht ihr? Auf die Männer ist doch nie Verlass! Alles muss man alleine machen!«, wetterte Lea laut, während sie sich weiter nach dem Zimtstreuer umsah, als sie plötzlich Kens starren Blick wahrnahm. Sie folgte diesem Blick, der auf den Zimtstreuer fiel – direkt vor ihr auf der Theke. »Hilfe zur Selbsthilfe, sage ich da nur«, meinte er und lachte vergnügt.

Lea tat so, als sei sie beleidigt und ging mit energischem Schritt auf ihre Freundinnen zu. »Also, auf uns!«

Die Freundinnen stießen miteinander an. Die kleine Zickerei war mittlerweile komplett vergessen, die nächsten zwei

Tequila-Runden gingen schnell vorbei. Es war kurz vor acht, also hatten sie ganze drei Stunden, bis Tine gegen 23 Uhr mit ihrem Freund Max verabredet war.

Lea sah auf die Uhr und entschied, dass der Locationwechsel anstand: »Wir sollten jetzt losgehen, bevor wir hier versacken.«

»Stimmt! Und ich freu mich. Endlich mal wieder tanzen«, sagte Paula, die normalerweise nicht für ihren Hüftschwung berühmt war und wohl auch nicht wusste, dass Tanzen bei einem Poetry-Slam nicht wirklich auf dem Programm stand. Vielleicht war sie schon betrunken genug, um da ein paar Dinge zu verwechseln.

Lea und Tine grinsten sich an und entschieden wortlos, Paula jetzt nicht darüber aufzuklären. Paula würde schon sehen, worum es sich bei einem Slam drehte: um Texte, Humor, Performances und vielleicht ein bisschen Musik als Lückenfüller.

»Au ja – und das mal ganz ohne Männer!«, meinte Tine, die von ihrer Beziehung ziemlich genervt war und sich permanent darüber beschwerte.

»Ich hab sowieso das Gefühl, dass es für mich mal an der Zeit ist, ein paar neue Dinge kennenzulernen. Wie cool, dass du die Idee hattest, Lea!« Sie würde sich noch für einige Stunden austoben können, bevor Max sie abholen und mit zu sich nach Hause nehmen würde. Sie sah sich gerne andere Männer an und suchte nach deren Fehlern. Der Vergleich half ihr dabei zu erkennen, dass sie es mit Max eigentlich doch ganz gut getroffen hatte. Obwohl es sich so unspektakulär anfühlte. Aber vielleicht waren Beziehungen ja so. In jedem Fall war er ein wahnsinnig netter Typ. Total bodenständig. Und zuverlässig. Also genau das, was ihr selbst an Eigenschaften fehlte. Gegensätze, die sie allerdings nur manchmal anziehend fand.

Obwohl es nicht ausgesprochen wurde, war allen bewusst, um was es an diesem Abend *eigentlich* ging: Lea würde auf Dave treffen, der diese Slamveranstaltung moderierte, und Tine und Paula waren ihre Verstärkung. Dave war der Mann, der Lea so sehr verwirrt hatte, dass er plötzlich ihre Beziehung und ihre bereits sehr weit fortgeschrittenen Nestbaupläne in Frage gestellt hatte. Lea hatte vorher immer lautstark verkündet, dass es eine reine Willensentscheidung sei, eine Beziehung durchzuziehen. Man müsste sich nur richtig darauf einlassen; dann könnte man mit jeder Person etwas Langfristiges aufbauen. Das hatte sie ihren Freundinnen immer wieder vorgebetet und die beiden dafür kritisiert, dass sie ständig etwas noch Besseres finden wollten, statt es endlich einmal *wirklich* mit jemandem zu versuchen.

Sie selbst glaubte, in ihrer Beziehung zu Kevin mit gutem Beispiel voranzugehen. Doch dann war ihr Dave über den Weg gelaufen. Und plötzlich war alles anders.

Die Geschichten über das Kennenlernen, die intensiven Blicke, den heftigen Flirt und die Nacht, die Dave und Lea schließlich zusammen verbracht hatten, kannten Paula und Tine bis ins kleinste Detail. Lea hatte immer und immer wieder ausführlich davon erzählt, dass sie das Gefühl hatte, das Schicksal hätte ihr nun endlich den Mann geschickt, der für sie bestimmt war. Die Begegnung der beiden war für sie wie eine Explosion.

Er sah exakt so aus, wie Lea sich ihren Traummann immer vorgestellt hatte. Wie die Inkarnation ihrer geheimsten Wünsche. Deswegen konnte sie sich auch nicht dagegen wehren. Sie musste ihn spüren. Wollte ihn haben. Sofort. Sie dachte, dass die Zeit der Zweifel nun endlich vorbei sei, da sie zum ersten Mal fühlte, dass einfach nur alles richtig war. Er war *der* Mann für sie. Ohne dass sie sich mit irgendetwas abfinden musste. Er war nämlich schon perfekt. Oder hatte das Potenzial dazu.

Lea hatte das seltene Talent, immer die Seite eines Menschen zu sehen, die im besten Fall und mit dem besten Willen in ihm oder ihr steckte: Sie befasste sich also mit der bestmöglichen Version und nicht mit der Realität. Dies half ihr dabei, Menschen zu mögen, führte aber zu hohen Erwartungen und herben Enttäuschungen, wenn sich dann doch die nicht perfekte Seite unter dem durch Leas Blick verliehenen Glanz zeigte.

Leas Freund Kevin hatte sich in der Zwischenzeit schon als Mensch entlarvt, Dave dagegen war noch unbefleckt. Ein Diamant, der noch zurechtgeschliffen werden konnte. Mit viel Liebe, Unterstützung und Zuspruch. Und er würde das Gleiche für sie tun, sie zu ihrem Licht führen, da war sie sich ganz sicher.

»Hast du Dave in der Zwischenzeit eigentlich noch mal gesehen?«, fragte Paula dann doch betont nonchalant.

Lea seufzte, bevor sie antwortete: »Nein, irgendwie ist es nie dazu gekommen. Wir wollen uns eigentlich schon seit Ewigkeiten verabreden, aber irgendwas kommt immer dazwischen.«

Dass es immer an ihm gelegen hatte und dass sie deswegen sehr traurig war, musste Lea an dieser Stelle nicht erwähnen, denn das konnten Paula und Tine in ihrem Gesicht lesen. Und sie alle kannten ein solches Abwehrverhalten nur zu gut und hatten darüber in verschiedenen Situationen endlose Telefonate geführt.

Trotz ihrer Enttäuschung jagte bei der bloßen Erwähnung von Daves Namen jedes Mal ein Zucken durch Leas Körper. Sie begann sofort, sich wieder zu erinnern. Und es noch einmal zu empfinden, das Gefühl, das sie hatte, als er sie in seinen Armen hielt. Als sie neben ihm schlief, bis seine zärtlichen Hände sie wieder aufweckten. Plötzlich war er ganz nah und berührte sie so, dass sie ihn sofort noch viel näher haben wollte. Tief in sich. Mit ihm verbunden. Und morgens ging es dann gleich weiter. Sie dachte an seine Stimme: »Du fühlst dich so gut an!«, hatte er immer wieder in ihr Ohr geflüstert. Es war unglaublich und sie kriegte die Gedanken nicht aus ihrem Kopf. Warum war sie nur so besessen von ihm? Warum hörte das nicht auf, egal, wie viel Zeit vergangen war? Und warum machte er immer diese Rückzieher, wenn sie sich treffen wollten?

Lea setzte große Hoffnungen auf die nächste Begegnung mit ihm und hatte sich den Moment schon unendlich oft bis ins kleinste Detail vorgestellt. Wie er sie ansehen und sie schließlich anfassen würde. Sie würde noch mal sein wohliges Brummen hören, wenn er ihren Körper berührte. Sie freute sich darauf, endlich wieder seine Lippen zu spüren. Die warmen, weichen Lippen. Und dann würde sie ihn nicht wieder loslassen.

Heute würde Dave sie endlich in ihrer »verbesserten« Version zu sehen bekommen. Sie hatte in den letzten Monaten ziemlich viel trainiert, um sich von all ihren wirren Gedanken abzulenken. Das war mittlerweile deutlich sichtbar. Sie war stark und fit und bereit, die Welt im Sturm zu erobern. Wenn er sie damals schon heiß fand, würde er jetzt umso mehr auf sie stehen.

Sie wollte sich ihm zeigen, ihm ihren neuen Körper präsentieren, ihm eine Möglichkeit eröffnen, wieder auf sie zuzugehen. Oder ihn auch nur aus der Nähe beobachten, um zu bemerken, dass er in ihr nichts mehr auslöste. Lea war überzeugt, dass nur eine einzige weitere Begegnung nötig war, um alle Weichen zu stellen, jede Frage zu beantworten und ein für alle Mal alles zu klären. Die zermürbende Situation von schlechtem Gewissen, Zweifeln und unerträglicher Sehnsucht sollte endlich beendet werden. Sie wollte noch einmal das Kribbeln spüren, die haarige Brust, die starken Hände und sie hoffte gleichzeitig, dass diese unbezwingbare Lust sie einfach wieder verlassen würde.

»Hey, jetzt lasst uns aber wirklich mal losgehen!«, riss Paula sie aus ihren Gedanken.

»Ja, genau, wir wollen ja nicht die ersten Texte verpassen. Auf geht's, Ladys!«

»Ja, ja, jetzt bloß kein Stress«, entgegnete Lea ihren Freundinnen. »Die fangen sowieso nicht pünktlich an.«

Lea legte noch einen Seeed-Song ein und bemühte sich, ihre Hochstimmung wiederherzustellen, denn offiziell ging es in dieser Nacht ja ausschließlich um die drei Freundinnen. Und die wollten richtig Spaß haben. Lea überpuderte ihr Gesicht schnell auf der Personaltoilette, dann zogen die Ladys ihre Jacken an und gingen nach draußen.

Paula kam der Gedanke, dass sie ja Ole anrufen könnte, um ihn mit einzuladen, ließ sich dann aber von ihren Freundinnen ohne großen Widerstand davon überzeugen, dass *er* sich melden müsste und sie ihm nicht – schon wieder – hinterherlaufen sollte. Klar, sahen das Lea und Tine so. Die waren ja auch nie dabei, wenn er ihr sein Herz ausschüttete und ihre Nähe suchte. Außerdem hatten die mit ihren Beziehungen gut reden. Als Single musste sie natürlich zusehen, dass sie sich das eine oder andere Date organisierte.

Paula tat so, als würde sie den beiden recht geben. Insgeheim beschloss sie aber, ihm eine total unverbindliche Textnachricht zu schicken, sobald sie aus dem Blickfeld ihrer Freundinnen verschwunden war. Sie hatte keine Lust darauf, tatenlos neben dem Telefon zu warten, bis sich ein Mann bei ihr meldete. Dafür hatte sie schon zu viel erlebt. Sie wollte nur zu gerne, dass Lea und Tine ihren Ole mal kennenlernten, damit sie sich ein Bild von ihm machen und ihre Zuneigung ihm gegenüber verstehen konnten. Sie wollte ein bisschen mit ihm angeben, aber sie brauchte vor allem auch die Unterstützung ihrer Freundinnen beim Analysieren. Sie würde ihn einladen. Wenn er nicht wollte, war er eben selbst schuld.

*

Wie drei Superstars vor der Oscar-Verleihung durchschritten die Freundinnen die gläsernen Türen des Haus 48, eines Veranstaltungshauses auf dem Schulterblatt, der pulsierenden Lebensader des Schanzenviertels, das seit seiner Aufhübschung und Kommerzialisierung von den Hamburgern abfällig »Galaostrich« genannt wird, weil dort die schicken neuen Bewohner wie auf dem Laufsteg vor den portugiesischen Cafés auf und ab gehen.

Die drei Frauen waren mittlerweile leicht betrunken. Sie hatten sich so lange gegenseitig an ihrer Kleidung herumgezupft, dass sie sich nun wie die It-Girls des Schanzenviertels fühlten. Ganz wie in alten Zeiten, nur mit etwas schickeren Klamotten. Sie waren viel zu aufgetakelt für die Location, in der altersschwache Sessel, Sofas und Stühle kreuz und quer im Raum standen. Aber genau dieses Gefühl, aus der entspannten Menge herauszustechen, spornte sie nur noch mehr dazu an, die Aufmerksamkeit auf sich zu lenken. Heute waren sie die Stars und das konnte ruhig jeder mitkriegen.

Der Poetry-Slam im Haus 48 war mittlerweile anders als jene, die in anderen Locations stattfanden, und das lag hauptsächlich an Dave, dem Moderator, der nicht nur das traditionelle Slampublikum anzog, sondern den Radius auf Reggaefans und politische Wortartisten erweiterte. Hinzu kamen einige Frauen aus den unterschiedlichsten Szenen, die Dave einfach umwerfend fanden.

Er war kein dürrer, blasser Spaßvogel, sondern ein ausgesprochen attraktives und sehr männliches Sexsymbol. Dave war fast zwei Meter groß, hatte eine tief-sonore Stimme, einen massiven, muskulösen Körper und einen dicken Zopf von dünnen, glänzenden Dreadlocks, der fast bis zu seinem ausgeprägt harten Hintern reichte. Und dann hatte er auch noch ein wunderschönes Gesicht und einen unfehlbaren Geschmack, was seine Kleidung anging. Er wirkte lässig, aber nicht schludrig. Schick, aber nicht schleimig. Doch es machte nie den Eindruck, als würde er sich über sein Äußeres überhaupt Gedanken machen. Er war einfach schön. Und dazu dann auch noch nett.

Menschen mochten ihn. Und weibliche Menschen ganz besonders. Würde es Stadtteilführungen in der Schanze geben, wäre er sicherlich eine der vorgestellten Attraktionen. Er war sexy, begabt und ein gekonnter Networker, der sich als Fotograf in der Musikszene etabliert und beste Kontakte hatte. Wenn er an einer Veranstaltung beteiligt war, kamen meist ganz besondere Performer, die er zu seinen Freunden zählte. So reiste diesmal der eingefleischte Reggaekünstler Mystic Dan aus Braunschweig an. Den konnte man in Hamburg ansonsten meist nur einmal im Jahr zum Black History Month live hören. Doch hier trat der Entertainer bereitwillig auf und brachte die Girls mit seinem deutsch-englischen Wortwitz zum Lachen.

Lea lachte wohl am lautesten und das nicht nur, weil sie Mystic Dans Performance so lustig fand. Sie war eingeschüchtert von Daves Anwesenheit und hatte keine Ahnung, wie sie auf ihn reagieren sollte. Ihre Finger waren permanent ineinander verhakt. Außer, wenn sie mit ihren Haaren herumspielte oder ihre Kleidung zurechtrückte. Sie musste daran denken, wie sich sein Körper angefühlt hatte. Alles schien doch so richtig. Er mit ihr bei ihr zu Hause. Sie beide zusammen. Sein Geruch war schon viel zu lange aus ihrem Bett verschwunden. Sie konnte sich nicht mehr genau daran erinnern, *wie* er gerochen hatte, aber sie wusste noch, dass sie sich damit auf ewig umgeben wollte.

Sie hatte tatsächlich darüber nachgedacht, am nächsten Tag nicht zu duschen, weil sie von ihm eingehüllt bleiben wollte, auch, wenn er nicht mehr bei ihr war. Bis er wieder mit ihr zusammen sein würde. Aber da hatte sie ja auch noch gedacht, dass es auf jeden Fall weitergehen würde. Doch dann kam alles ganz anders.

Lea wusste nicht genau, was sie an diesem Abend erwartete, wie Dave auf sie reagieren würde. Schließlich hätte Dave sie ja sogar kurzfristig auf die Bühne holen oder einen bösen Scherz mit ihr machen können. Der Angstschweiß wartete nur Millimeterbruchteile unterhalb ihrer Hautoberfläche auf seinen Einsatz.

Slamveranstaltungen waren spontan und interaktiv und die Moderatoren versuchten meist, mindestens so unterhaltsam zu sein wie die Teilnehmer an dem Performance-Wettbewerb. Oft geschah das dann auf Kosten von Menschen aus dem Publikum, die sich nicht wirklich wehren konnten. Schließlich hatten die kein Mikrofon und waren den Witzen über ihr Dicksein oder ihr Outfit komplett ausgeliefert.

Doch Dave blieb friedlich, begrüßte das Publikum freundlich und mit einem umwerfenden Lächeln und schäkerte mit den Teilnehmern. Und dann sah er Lea an, ganz direkt. Sie war elektrisiert. Er zwinkerte kurz, machte dann aber weiter, als wäre nichts gewesen. Lea konnte kaum noch ruhig sitzen. Dave stellte die Teilnehmer vor. Die betraten nach und nach die kleine Bühne. Mal total souverän, mal arrogant, mal furchtbar nervös. Sie nutzten mit vollem Einsatz ihre fünf Minuten, um die Zuschauer von sich und ihren Texten zu begeistern. Fünf vom Moderator zufällig ausgewählte Zuschauer wurden zu Juroren und durften jedem Wortkünstler 1 bis 10 Punkte geben. Am Ende gewann der oder die Teilnehmerin mit den meisten Punkten. So einfach und so undemokratisch waren die Regeln eines Slams.

Lea fand es schade, dass oft die Performer mit den hohlsten Texten, die auf eine sehr banale und massenkompatible Art witzig waren, auf dem Siegertreppchen landeten. So kam es dann auch an diesem Abend. Die seichte Story einer Blondine über die Tupperwareparty ihrer Mutter schlug nur knapp einen pseudoradikalen Text, der sich gegen den gemeinen Konsum wandte. Gegen dieses teuflische Monstrum wetterte man in aufwändig zusammengefilzten Dreads und teuer gekauften alternativ aussehenden Klamotten. Viel Aufwand, um zu zeigen, dass man total weit vom Mainstream entfernt war, fand Lea: »Ich kann das echt nicht ertragen, diese Leute sind schuld an dem schlechten Ruf von Dreadlocks, echt, wegen diesen Leuten denken hier so viele, dass Dreadlocks stinken!« Lea war wegen Dave so angespannt, dass sie sich permanent in Rage redete. »Wenn die ’ne Ahnung davon hätten, dass normale Menschen nicht ein Jahr lang mit ungewaschenen Haaren durch die Gegend stinken müssen, um ihre Haare so zu tragen, wären sie wohl nicht so peinlich. Oder würden sich wenigstens dafür schämen!«

Lea redete gern von »normalen Menschen«, wenn sie Afros meinte und wenn sie sich gerade darüber aufregte, dass irgendwelche weißen Menschen zusammenhanglos kulturelle Symbole »klauten«, die sie gar nicht verstanden. Wie die achso-heiligen Dreadlocks. Paula und Tine trauten sich nie, Lea zu fragen, was es mit diesen Frisuren eigentlich auf sich habe, welche beeindruckende Geschichte in der Haarpracht stecke, weil sie von Lea nicht für ignorant gehalten werden wollten. Während Paula davon genervt war, dass Lea aus allem immer so eine große Sache machen musste, schrieb sich Tine eine mentale Notiz: »Geschichte von Dreadlocks googeln«, bevor sie die Verkündung der Slamgewinner weiterverfolgte. Sie legte den Arm um Lea, weil sie deutlich merkte, dass die sich nicht besonders wohlfühlte. »Alles in Ordnung?«, fragte sie flüsternd. Lea nickte langsam: »Schon okay. Danke.«

Der gefühlvolle, bewegend offene Text von einem jungen Typ, der in gerappten Reimen über den Tod eines Freundes sprach, landete auf Platz 6. Auch das machte Lea traurig. Sie hatte bei der Performance Gänsehaut und feuchte Augen bekommen und war tief berührt. Der Text erinnerte sie an den Tod eines Freundes. Das war das erste Mal gewesen, dass ein Mensch in ihrem Freundeskreis gestorben war. Ein junger Mensch. Jemand, der – wie sie – ein Rebell sein wollte, jemand, der sich für etwas einsetzte und gegen Dinge kämpfte, die nicht in Ordnung waren. Es hatte ihr Angst gemacht, dass gerade jemand, der einen Sinn in seinem Leben sah, aufgegeben hatte. Er hatte es selbst beendet.

Sie wünschte sich, auch eine Ausdrucksform für solche Gefühle zu haben. Sie liebte es, wenn andere ihre Gefühle in

Worten beschreiben konnten. Sie blieb aber Konsumentin und konnte sich höchstens fremde Worte ausleihen, um deutlich zu machen, was sie meinte. Wenn sie versuchte, eigenständig etwas zu schreiben, blieb es hölzern und wirkte konstruiert und so ließ sie es lieber bleiben. Sie war froh darüber, dass sich hier an ihrer Stelle und an diesem Ort jemand an einen verlorenen Menschen erinnerte. Das half. Auch wenn ihr verstorbener Freund mehr mit der Roten Flora nebenan verbunden war als mit dem vergleichsweise neuen und im Viertel stark kritisierten Haus 48.

Es hatte eine Weile gedauert, bis sich kaum mehr jemand fragte, ob das Veranstaltungshaus in diesem Viertel überhaupt richtig war oder nicht doch nur verwerfliche, also kommerzielle, Ziele verfolgte. Das Programm war dann allerdings so vielschichtig und spannend, dass es irgendwann dazugehörte, als wäre es schon immer hier gewesen. Genau wie bei einem ehemaligen Fixertreffpunkt, der zwischen Leas Bar und dem Veranstaltungshaus lag. Der wurde dichtgemacht und durch ein schickes Café ersetzt. Anfangs waren viele sich nicht sicher, ob sie das durch ihren Besuch unterstützen sollten. Doch irgendwann entschied sich die Masse, dass die Betreiber nichts für die Politik des Senats konnten und das Café doch ganz nett war. Also wurde es Teil der Schanzenkultur, die sich immer mehr veränderte. Von einem verschrienen Stadtteil für die, die nicht Teil des Mainstreams sein wollten oder konnten, wurde es nach und nach zu einem hippen In-Viertel, was aber auch vielen Anwohnern deutlich missfiel.

Tine hingegen war in Bewunderung versunken und starrte lächelnd auf nur einen Mann. Der Special Act Mystic Dans hatte sie restlos begeistert. Bei seiner Performance hatte der Saal gekocht und sie fand es schade, dass sein Auftritt nicht

Teil des Wettbewerbs war: »Wäre Mystic Dan mit im Rennen gewesen, hätte er ganz locker alle anderen in den Schatten gestellt, das ist schon mal klar. Eine Geschichte über ’ne Tupperparty? Wen interessiert denn so was?«

Tine wollte auch auf dieser Bühne stehen und so tolle Sachen sagen wie Mystic Dan, zu dem sie sich augenblicklich hingezogen fühlte. »Wow, der hat so eine Ausstrahlung und so viel Talent! Warum kennt man den denn nicht? Der müsste doch viel bekannter sein.«

Lea, die vor ihrem Studium mal bei einem Musiklabel gearbeitet und in dieser Zeit frustriert ihre musikalischen Ambitionen aufgegeben hatte, entgegnete: »Das ist doch immer so! Es gibt so geile Leute mit wahnsinnig viel Talent. Bei manchen denkst du, die würden alles Nötige mitbringen. Und letztlich werden dann nur irgendwelche mittelmäßigen Langweiler gesignt und promotet. Denk doch mal an die Brothers Keepers, die haben noch nicht mal mehr ein Label, weil sie weiter politische Sachen sagen wollen.«

»Ja, stimmt, aber es hat doch wohl nicht alles was mit Politik zu tun! Mystic Dan ist ganz offensichtlich ein wirkliches Ausnahmetalent, da muss man doch was machen können. So was hab ich noch nie gesehen! Ich frag ihn gleich mal, ob er ’ne CD hat.« Und schon war sie aus dem Blickfeld ihrer Freundinnen verschwunden und versuchte, den Künstler anzusprechen.

Tine war von der Präsenz des Musikers angetörnt. Sie stellte sich vor, wie die Arme, die auf der Bühne so energiegeladen seine kunstvoll kombinierten Worte unterstrichen hatten, ihren Körper mit festem Griff packten. Wie Mystic Dan sie fingerte, während er sie mit seinem durchdringenden Blick grinsend ansah, um genau zu beobachten, wie ihr Gesichtsausdruck sich durch ihre Erregung veränderte.

Als ihr auffiel, dass sie Schweißtropfen von ihrer Stirn wischte, schüttelte sie verdutzt den Kopf und sah sich eilig nach Paula und Lea um, um zu überprüfen, ob sie beim Fantasieren erwischt worden war. Nein, die waren in ihren eigenen Gedanken versunken. Also machte Tine sich schnell klar, dass sie sich eben nur auf eine seltsame kleine Fantasie eingelassen hatte, die nichts weiter bedeutete.

Lea konnte sie das nicht erzählen, das war klar. Die regte sich immer über die Sexualisierung von Schwarzen Menschen auf. Was genau sie damit meinte, wusste Tine aber nicht wirklich. Und auch hier traute sie sich nicht so richtig nachzufragen, weil sie nicht unreflektiert wirken wollte. Manchmal war Lea auch gar nicht offen für solche Nachfragen und forderte Tine auf, sich gefälligst selbst zu informieren oder einfach noch einmal darüber nachzudenken. Tine beruhigte sich. Sie hatte sich nur von ihrer Bewunderung hinreißen lassen und rief sich ins Gedächtnis, dass sie im Grunde ganz glücklich und zufrieden in ihrer Beziehung zu Max war. Sie konnte Mystic Dan nirgends sehen, also blieb sie einfach stehen und verschaffte sich einen Überblick über den düsteren Raum.

Tine war anfällig für Groupiemechanismen, das war sie schon immer gewesen. Sie konnte sich so sehr für Personen begeistern, gerade, wenn die irgendwo auf der Bühne standen und etwas Schöpferisches taten, dass sie sich vorstellte, sich ihnen komplett zu unterwerfen. Ihren Freund Max bewunderte sie dagegen nicht besonders. In ihrer Beziehung hatte sie die Hosen an.

Sie checkte die Uhrzeit auf ihrem Handy, um zu sehen, wie lange es noch dauern würde, bis Max sie abholte. Sie würde ihm später einen ordentlichen Drink verpassen und ihn dann, sobald sie ihn ein bisschen angeheizt hatte, dazu verdonnern, ganz leise zu sein. So könnte sie sich die Stakkatostimme von Mystic Dan vorstellen, während sie mit Max schlief. Ja, das klang nach einem guten Kompromiss. Mystic Dan war sowieso nirgends zu sehen.

*

Dave verabschiedete sich mit einem letzten Scherz vom Publikum, ein Song der Hamburger Reggaecombo I-Fire begleitete seinen Abgang von der Bühne. »Ich mach das, was ich will und tu niemandem weh«, kam aus den Speakern, während Dave sich am Bühnenrand mit einigen Frauen unterhielt. Doch die Szene hatte einen Fehler. Der Songtext passte nämlich nicht so richtig zu Dave, auch wenn er sich gerne als total anständig und fair darstellte. Als richtigen Saubermann. Ob er es nun wollte oder nicht, er verursachte Schmerz. Zumindest bei Lea.

Dave zog Frauen an wie das Licht die Mücken. Sie belauerten ihn, beobachteten ihn und machten ihm eindeutige Angebote. Er reagierte darauf immer freundlich und unverbindlich. Und dadurch fanden sie ihn noch umso toller. Sie bewunderten die Treue zu seiner Freundin und versuchten gleichzeitig, sie zu brechen. Es war ein wahres Schauspiel, die Mädels bei ihrem Balzritual zu beobachten.

Lea wollte eigentlich bei ihren Freundinnen bleiben, bis der Bienenschwarm sich verzogen hatte, bevor sie sich mit Dave unterhielt, aber das schien sich alles ewig hinzuziehen. Sie konnte und wollte nicht mehr warten. Nicht nach all den Wochen und Monaten, in denen sie darauf gehofft hatte, ihn zu treffen. Sie wollte ihn sprechen. Sofort. Also stellte sie sich einfach an dem Pulk an. Und sie hasste das Gefühl.

Als Dave Lea bemerkte, lächelte er sie an, charmant wie immer, und streckte ihr seine Arme hin: »Hi, wie geht's dir?«, fragte er während der Bussi-Bussi-Zeremonie.

»Sehr gut. Und dir?«

»Auch gut, es ist ziemlich viel los bei mir, ich zieh ja auch noch in ein neues Studio. Solltest es dir mal ansehen, wenn es fertig ist.«

»Ja, gern, wann ist es denn so weit?«

»Ich sag dir Bescheid. Echt cool, dass du gekommen bist, ich hab dich vorhin schon gesehen.«

Sie starrte in sein Gesicht und wartete auf ein Gefühl, auf eine Antwort, ein Zeichen. Sie wartete darauf, dass er die Veränderungen an ihr bemerkte. Dass er ihr sagte, wie toll sie aussah. Doch nichts geschah. Gar nichts. Weder in ihr noch zwischen den beiden.

Lea wartete vergeblich auf etwas, von dem sie nicht einmal wusste, was es war, bis eine weitere durchgestylte Frau mit einem fransigen Haarschnitt anrückte und Dave sich von Lea verabschiedete: »Wir reden später weiter, okay?«

Ob es okay war oder nicht, konnte Lea nicht wirklich sagen. Doch die Frage schien ohnehin rhetorisch gewesen zu sein, denn Dave war schon wieder aus ihrem Sichtfeld verschwunden. Sie konnte nur noch hören, wie die Blondine ihm ein Testshooting anbot. Das schien für ihn ganz offensichtlich interessanter zu sein.

Ob Dave als Fotograf auch Geld verdiente, wusste keiner so genau. Was man wusste, war, dass er ständig »Testshootings« machte, also freie Projekte, für die es keine Abnehmer oder Auftraggeber gab. Bei denen räkelten sich Frauen möglichst sexy und starrten lasziv durch die Linse in Daves Gesicht. Ganz im Sinne der Kunst, natürlich. Und seine Bilder waren gut, daran gab es keinen Zweifel. Für irgendwelche ominösen Projekte fotografierte er auch alle Musiker, die er vor die Linse kriegen konnte. Zumindest die, die er schätzte. Er fotografierte nur freiwillig und wollte nicht, dass Geld seine Kunst beeinflusste.

In der Schanze gab es gefühlt etwa eine Million Fotografen. Und obwohl bei den meisten von ihnen nicht viel zu passieren schien – außer mal einer Ausstellung im Viertel, bei der sie die künstlerischen Ergüsse ihrer erotischen Sessions präsentierten –, wurden sie im Grunde alle respektiert. Und sie waren gern gesehene Gäste bei allen wichtigen Veranstaltungen. Ganz anders stand es um die »Partyfotografen«, die mit kleinen Digicams Bilder von Feiernden schossen, um sie dann auf irgendwelche Websites zu stellen. Die Partyfotografen nervten und waren nicht so gern gesehen. Durch sie waren nämlich schon so einige Leute, die angeblich zu Hause, beim Lernen oder bei der Arbeit waren, beim wilden Feiern erwischt worden. Und wenn den Partyfotografen mal ein Promi über den Weg lief – was in Hamburg fast unvermeidbar war –, warben sie auf ihren Websites gleich damit, Tokio Hotel, Charlotte Roche, Dieter Bohlen oder diesen oder jenen Soapstar unter ihren »Kunden« zu haben. Eigentlich sehr durchschaubar das Ganze und ziemlich armselig.

Lea suchte wieder nach ihren Freundinnen, die sich gerade darüber unterhielten, dass es doch mittlerweile ziemlich viele coole Mütter gab. Sie hatten Lea und Dave die ganze Zeit über betont unauffällig beobachtet und waren nun sehr gespannt auf die Details.

»Und, wie war's?«, fragte Tine ganz aufgeregt.

»Keine Ahnung, irgendwie war gar nichts. Ich weiß nicht. Er hat eigentlich nichts gesagt.«

»Wie? Nichts? Über was habt ihr denn gesprochen?«

Paula nahm Lea bei der Hand und drückte sie, vermutlich an einem Akupressurpunkt, der Stress lösen sollte.

»Wie«, setzte Tine nochmals zu ihrer Rückfrage an, wurde aber dadurch unterbrochen, dass sie Max hereinkommen sah. »Ich bin gleich wieder da, okay?«

Sie rannte auf Max zu und sprang ihm in die Arme. Da er bis gerade eben noch mit seinen Kollegen unterwegs war und offensichtlich auch schon ein paar Drinks intus hatte, konnte er mit dem Übermut seiner Freundin viel anfangen. Die beiden knutschten sofort wild miteinander und fassten sich so heftig an, dass es nicht lange dauerte, bis ein Typ laut »Hat da jemand sein Schlafzimmer nicht gefunden?« durch den Raum rief.

Auch Paula und Lea beobachteten das Spektakel und Lea meinte: »Schön eigentlich, die kriegen gar nichts mehr davon mit, was um sie herum passiert.«

»Ja, ist aber witzig, dass sie sich immer so über ihn beschwert. Und kaum kommt er hier rein, kann sie die Finger nicht von ihm lassen. Höchst seltsam.«

»Manchmal muss man einfach nur seinen Frust rauslassen, das kennst du doch auch. Ich find's echt schön, dass sie auf alles scheißen. Guck doch mal!«

Paula drehte sich noch einmal zu dem Paar um. Mittlerweile saß Tine auf Max und kicherte, während sie ihn abwechselnd anstrahlte und hastig küsste.

»Mir wär das echt peinlich«, meinte Paula und schüttelte den Kopf.

»Ihr bestimmt auch, wenn sie sich darüber Gedanken machen würde, was die anderen denken. Tut sie aber nicht. *Das* ist echte Leidenschaft!«

»Kann sein. So was hatte ich jedenfalls schon lange nicht mehr«, seufzte Paula. »Eigentlich überhaupt noch nicht, glaube ich.«

Lea lachte laut auf. »Aber als Teenie auf den wirren Suffpartys doch bestimmt, oder?«

»Ja vielleicht – aber als Erwachsene, mit jemandem, den ich richtig toll fand?«

»Soll ich dich mal an diese Silvesterparty im 13. Stock erinnern, Paula?«

»Oh nein! Das hatte ich total verdrängt. Mann, das war vielleicht 'ne Nacht! Den Kerl hab ich danach nie wieder gesehen. Obwohl? Ich weiß noch nicht einmal, ob ich ihn wiedererkennen würde …«

»Das glaube ich dir gern. Ich hab dich noch nie so betrunken gesehen. Und deine Freundin Tamara auch nicht. Die hat doch gleich zwei Typen mit nach Hause genommen, oder?«

»Ja, aber bei der ist das normal. Apropos, Tamara hat mir vorhin erzählt, dass sie später noch zu 'ner Elektroparty im Bunker geht. Die veranstaltet irgendein Bekannter von ihr. Heißt natürlich Gästeliste und Drinks aufs Haus. Kommste mit?«

»Nee, auf Elektro kann ich momentan gar nicht. Viel zu stressig. Aber ich könnte noch 'nen Happen essen. Du auch?«

»Gerne! Tine brauchen wir ja wohl nicht zu fragen, die ist beschäftigt.«

»Nee, bloß nicht, sonst müssen wir uns das da auch noch beim Essen ansehen!«

Nachdem sie ausgiebig gelacht hatten, stellten sich Lea und Paula neben das verschmolzene Paar und hofften zunächst vergeblich darauf, dass einer von beiden mal aufsehen würde, bis Lea dann doch an Tines Schulter tippte. Tine drehte sich leicht benommen um und sah ihre Freundinnen mit einem für sie untypischen Schlafzimmerblick an: »Hey, ihr beiden!«

Max löste sich ebenfalls von Tine und wollte Lea und Paula begrüßen, allerdings für deren Geschmack etwas zu überschwänglich. »Wir gehen dann gleich mal los«, sagte Paula und versuchte, den Abstand zwischen sich und Max wieder zu vergrößern. »Was, echt?«, fragte Tine irritiert, die sich ja schließlich glänzend amüsierte.

»Du bist ja versorgt, oder?«

»Klaro«, sagte Tine und streichelte Max über die Wange. Die Gedankenspiele mit Mystic Dan hatten sie tatsächlich auf ein paar Ideen gebracht, die sie heute noch mit Max austesten wollte. Vielleicht war ja im Florapark nebenan nicht so viel los …

*

Lea und Paula entschieden sich schnell für eine Linsensuppe und einen sanften Ausklang im anatolischen Restaurant Lokma in der Susannenstraße. Sie gingen eingehakt an der Roten Flora vorbei und mussten ungefähr alle zwei Meter anhalten, weil Lea jemandem begegnete, den sie kannte.

»Meine Güte, du bist ja bekannter als der Bürgermeister!«, nörgelte Paula.

»Lässt sich leider nicht vermeiden, wenn man auf dem Schulterblatt arbeitet. Aber jetzt haben wir's ja geschafft«, antwortete Lea, als sie die Tür zum Restaurant öffnete und sich schnell an den einzigen freien Tisch setzte.

»Wie fandest du Dave denn jetzt?«, wollte Lea wissen, nachdem Paula ihr an den Holztisch gefolgt war und beide eine Apfelschorle bestellt hatten.

»Also, irgendwie finde ich schon, dass ihr, ich meine Kevin und du, zusammen besser ausseht. Ihr strahlt immer so 'ne Wärme aus. Ihr seid echt niedlich zusammen. Auch, weil man immer sofort sieht, wie sehr er von dir begeistert ist.«

»Und Dave? Von dem bin *ich* nämlich begeistert. Oder war es zumindest.«

»Dieser Dave wirkt irgendwie seltsam auf mich. Klar, sieht er super aus, aber gleichzeitig so, keine Ahnung, irgendwie unnahbar. Ein echter Showmensch eben. Meinst du, der weiß überhaupt, was er will, wenn er privat ist?«

»Keine Ahnung. Vielleicht nicht. Aber Kevin weiß das ja auch nicht.«

»Der weiß zumindest, dass er dich will.«

»Das reicht aber nicht. Jedenfalls nicht auf Dauer. Wenn das alles ist, was er will. Ich verstehe gar nicht, dass ihm alles so egal sein kann. Der hat nicht ein einziges Ziel in seinem Leben – keinen Plan und keine Idee. Was soll ich denn damit anfangen?«

»Und mit Dave könntest du mehr anfangen? Der hat es ja noch nicht mal hingekriegt, dir vernünftig Hallo zu sagen.«

»Das war ja auch blöd, mit den ganzen Leuten drum herum. Da hätte er mir nun wirklich nicht gleich um den Hals fallen können. Da waren bestimmt Leute dabei, die seine Freundin kennen …« Lea ließ ihren Kopf kurz in ihre Handflächen sinken. Dann blickte sie wieder auf. »Warum hat denn bloß jeder halbwegs nette Typ einen verdammten Haken, Paula?«

»Das wüsste ich auch gern mal. Ich wollte es dir eigentlich nicht sagen, aber ich habe Ole vorhin doch 'ne SMS geschickt und ihn eingeladen, aber er hat noch nicht mal geantwortet. Versteh ich nicht. Wenn er bei mir ist, tut er immer so, als würde er sich nie wieder von mir trennen wollen und dann hör ich Ewigkeiten nichts von ihm. Beim letzten Mal stand er dann nach drei Wochen unangemeldet vor meiner Tür.«

»Ich finde aber langsam wirklich, dass du dir das mit dem Ole mal überlegen solltest. Das klingt alles nicht besonders gesund. Der müsste mal von sich aus auf dich zukommen – und das nicht, wenn er gerade besoffen aus ’nem Club getorkelt ist.«

»Ja, ich weiß ja, aber ich bin ja auch froh, wenn er sich überhaupt meldet. Der Sex ist mit ihm auf jeden Fall spitze, da würde ich echt nur sehr ungern drauf verzichten. Und ich glaube, er braucht das mit mir auch. Der kennt ja sonst nur Partyleute und hat niemanden, mit dem er auch reden kann.«

»Irgendwann musst du dich aber auch mal fragen, was *du* eigentlich brauchst.«

»Ehrlich gesagt, weiß ich das auch nicht so genau. Ich kann mir jedenfalls echt nicht vorstellen, irgendwann in nächster Zeit ’ne richtige Beziehung zu haben. Ich wüsste gar nicht, woher ich die Zeit nehmen sollte. Ich bin ja froh, wenn ich mal ganz in Ruhe zu Hause bin und rumschlumpfen kann. Ich weiß gar nicht, woher *du* die Energie für deinen Freund nimmst. Du hast doch wohl echt auch selbst genug zu tun.«

»Ja, manchmal weiß ich auch nicht, wofür ich das eigentlich alles mache. Ich versuche immer, ihn zu unterstützen, damit er sich ein bisschen mehr zutraut. Im Grunde ist er total begabt, du solltest mal ein paar von den Illustrationen sehen, die er macht. Die hauen einen echt um! Aber denkst du, die würde er mal jemandem zeigen oder irgendwas damit machen? Nein. Der schmeißt lieber alles in den Müll und ärgert sich darüber, dass er angeblich nie was hinkriegt.«

»Ist echt traurig irgendwie. Aber wenn er nicht selbst auf seine Füße zurückkommen will, kannst du sowieso nichts machen. Und dieses blöde Gekiffe zu Hause …«

»Ich weiß. Aber was soll ich sonst machen? Wenigstens liebt er mich und vögelt nicht mit anderen Frauen. Wenn ich da so an die Typen denke, die mir vor ihm über den Weg gelaufen sind, da könnte ich mich jetzt eigentlich zufrieden zurücklehnen und dankbar sein. Erinnerst du dich zum Beispiel an diesen Sänger aus der Wohlwillstraße?«

»Ach, du meinst den, der so stolz darauf war, dass er mit seinen 35 Jahren nur mit neun Frauen geschlafen hatte? Und der dann später von all seinen Dreiern und den Swingerclubbesuchen erzählt hat? Meinst du den?«

»Ja, genau. Was für ein Spinner! Der wollte ja auch beim zweiten Date, dass ich ihm ein Kind verspreche, und beim dritten Date wollte er wissen, ob ich ihn heirate. Und nach ein paar Monaten hab ich mitbekommen, dass seine Freunde und seine Familie alle davon überzeugt waren, dass er noch mit seiner langjährigen Freundin Sanne zusammen sei. Nee, nee, da bin ich schon echt froh, dass ich jetzt einen Mann habe, mit dem man eine Beziehung führen kann. Ohne diese ganzen Lügengeschichten.«

Lea und Paula bekamen ihre dampfende Linsensuppe vorgesetzt. Mit einer Zitronenspalte und einem Korb mit warmem Fladenbrot.

»Eigentlich witzig, dass *du* diesmal diejenige warst, die nicht ehrlich geblieben ist.«

Lea löffelte betreten ihre Suppe, steckte sich ein großes Stück Fladenbrot in den Mund und murmelte dann: »Gar nicht witzig, ich bin nicht stolz drauf.«

Die beiden aßen schweigend weiter, bis sie plötzlich ein Pochen hörten und sich zum Fenster umdrehten. Tamara stand vor dem Fenster, schnitt Grimassen und drückte ihren Körper gegen die Scheibe. Sie hatte ihre stark blondierten Haare zu beeindruckendem Volumen toupiert und mit Glitterspray verziert. Als sie begann, ihre Hüften kreisen zu lassen, konnten Paula und Lea sich das Lachen nicht mehr verkneifen. »Die ist so durchgeknallt, das gibt's gar nicht!«, prustete Lea. Paula gestikulierte mit ihren Händen und zeigte Tamara so, dass sie reinkommen sollte. Das tat sie dann auch und brachte den Kellner mit der Rechnung gleich mit an den Tisch. Der kam mit einem hochroten Kopf bei Lea und Paula an, weil Tamara ihn spontan einfach mal an der Hand genommen und durch das Restaurant gezogen hatte. Dass die braungebrannte Turboblondine in einem megakurzen Röckchen unterwegs war, trug sicherlich zu seiner Verwirrung bei.

»Hallöchen! Paula, wir müssen sofort los. Henry will mich so schnell wie möglich sehen. Und ich ihn auch, ich will ihn noch mal nackt bewundern, bevor die Party losgeht! Kommst du mit, Lea?«

Lea fühlte sich etwas überrumpelt, als Tamaras Redeschwall vorbei war, zog sich dann aber schnell aus der Affäre: »Nee, sorry. Kevin wartet auf mich, ich bin schon viel zu spät dran. Aber ich wünsch euch total viel Spaß. Treibt's nicht zu dolle!«

»Ach, je oller, desto doller! Ich muss noch ein bisschen was erleben, bevor's nicht mehr geht!«

Lea verabschiedete sich mit einer herzlichen Umarmung von Paula: »Ich arbeite morgen im Raum, komm ruhig vorbei, wenn du kannst. Ich geb dir 'nen Rotwein aus.«

»Ich werd's versuchen. Mal sehen, wie's morgen mit der Promoaktion läuft – und ob ich danach nicht schlafen muss, weil das heute ausgeartet ist.«

Tamara drückte Lea ihre pink glänzenden Lippen direkt auf den Mund, was die dazu bewog, eilig und winkend aus dem Laden zu rennen.

Auf dem Nachhauseweg dachte Lea noch darüber nach, warum sie mit Kevin gerade an einen Raucher geraten war. Einen Kiffer sogar und an jemanden, der die ganze Welt schlecht und böse fand. Lea dagegen war immer auf der Suche nach den schönen Dingen und besonderen Momenten im Leben.

Kevin erwartete sie zu Hause tatsächlich mit einer Selbstgedrehten in der Hand. Er saß in seinem Fernsehsessel, rauchte und trank Bier. Die Luft war stickig und der Fernseher viel zu laut aufgedreht. Eine offene Chipstüte lag neben dem Sessel auf dem Boden und ein paar leere Becksflaschen standen auf dem Couchtisch. Lea öffnete ein Fenster, als Kevin sie begrüßte.

»Na Schatz, wo warst du?«

»Endlich mal wieder mit Paula und Tine unterwegs, beim Poetry-Slam.«

»Und, war gut?«

»Ganz okay. Ich geh gleich schlafen, ich bin total k.o.«

»Dann mach ich dich gleich wieder fit, ich warte schon die ganze Zeit darauf, dass du kommst. Ich will dir was zeigen.«

Lea ging ins Bad, ohne auf Kevins letzten Satz zu reagieren. Sie wusste genau, dass er ihr seinen steifen Schwanz zeigen wollte. Er schien darauf jedes einzelne Mal enorm stolz zu sein. So, als würde er denken, dass ein Blick auf seinen Ständer vollkommen genügen würde, um auch sie heiß zu machen.

Normalerweise fand sie solche Sprüche ganz witzig. Sie mochte es, wenn Kevin ihr wenigstens körperliche Aufmerksamkeit schenkte, wenn es schon mit der emotionalen oft so mau aussah. Und sie war froh darüber, dass er zumindest hier die Initiative ergriff und sich nicht nur hängen ließ. Aber heute hatte sie das Bedürfnis, in Ruhe gelassen zu werden. Alles zu verdauen. Sich einen Reim aus der Sache mit Dave zu machen.

Sie legte eines nach dem anderen ab: Ohrringe, Armreifen, Kette und dann den Ring, der mit dem Hauch eines schlechten Gewissens auf der Regalplatte landete. Aus dem Zeichen der Liebe war irgendwann eine Markierung geworden, ein Besitzmerkmal, ein Brandzeichen. Der Ring wurde enger und enger. Nachdem sie ihn monatelang nicht von ihrem Finger genommen hatte – noch nicht einmal zum Duschen oder beim Sport –, befreite sie sich jetzt immer sofort von ihm, wenn sie alleine war. Sie schminkte sich ab, verpackte ihren Afro mit einem Haarband und legte sich schnell ins Bett. Sie hoffte, Kevin würde noch über Stunden mit seinem Bier im Wohnzimmer versacken. Er sollte erst rüberkommen, wenn sie schon schlief. Doch offensichtlich hatte er tatsächlich auf sie gewartet, denn er brauchte keine dreißig Sekunden, um im Türrahmen zu stehen, nachdem Lea die Schlafzimmertür hinter sich geschlossen hatte.

»Was soll denn das? Wolltest du dich verstecken?«

Lea fand Kevin unglaublich niedlich, wie er da vor ihr stand und versuchte, den dicken Max zu markieren. Gleichzeitig ärgerte sie sich über sich selbst. Warum konnte sie ihren Kopf nicht ausschalten, im Hier und Jetzt bleiben und das mit Kevin einfach nur genießen?

Doch es ging nicht. Sie war verwirrt und hatte ein total schlechtes Gewissen. Sie stellte sich zu oft vor, wie heftig es sie verletzen würde, wenn er so sehr an seiner Liebe zu ihr zweifeln würde, wie sie an ihrer zu ihm. Und dann noch etwas mit einer anderen anfangen würde. Schreckliche Gedanken, die keinen Wunsch danach zuließen, ihm in diesem Moment nah sein zu wollen.

Doch Kevin merkte nichts und machte unbeirrt weiter. Er zog sich komplett aus, verteilte dabei seine Klamotten auf dem

Boden und kroch dann zu Lea unter die Decke. Er kuschelte sich von hinten an ihren Körper und raunte: »Du warst viel zu lang weg. Ich brauche dich doch hier!« Sie roch Bier und Zigarettenrauch. Er streichelte ihre Taille und näherte sich ihrem Bauch.

»Was ist das denn?«, fragt er, als er ihren Slip berührte. Er schob ihn langsam nach unten und zerrte dann mit seinen Füßen daran, bis er irgendwo an ihren Waden hängen blieb. Dann drückte er seinen Ständer an ihren nackten Hintern und flüsterte: »Ich habe echt den ganzen Abend auf dich gewartet.«

Dabei umarmte er sie und presste einmal mehr seinen Unterleib an ihren. Leas schlechtes Gewissen meldete sich deutlich. Sie entschied, sich jetzt umso mehr reinzuhängen, um nur ja kein ungutes Gefühl bei ihm aufkommen zu lassen. Er sollte auf keinen Fall mitbekommen, dass sie sich den Kopf über einen anderen Mann zerbrach. Sich nach dem Körper eines anderen Mannes sehnte. Also atmete sie durch, drehte sich um und umarmte ihn.

Einmal mehr versuchte Lea mit aller Kraft, sich auf seine positiven Seiten zu konzentrieren und die Nähe mit ihm zu genießen. Doch neben Dave schnitt er einfach nicht so gut ab und alles, was sie noch wahrnehmen konnte, war seine blasse Haut, die dünnen Arme, die flache Brust. Sie nahm die kleinen roten Hubbeln auf seinem Rücken unter Augenschein. Hm. Kevin beugte sich zu Lea hinunter, um sie zu küssen. Lea wandte ihr Gesicht schnell ab, zog ihn mit einer Umarmung fest an sich.

Jetzt bloß keine Küsse. Er kratzte sowieso. Und er stank. Also drückte sie ihre Wange an seine und starrte an die Decke, an der ein runder Spiegel befestigt war. Sie beobachtete, wie sein schmaler Körper auf ihr lag und sich bewegte, die Boxershorts ein Stückchen heruntergezogen und nur an einem Bein unterhalb seiner Knie angekommen. Warum konnte er seine Unterwäsche nicht wenigstens ganz ausziehen?

Als sie damals zum ersten Mal seine Wohnung und dann auch sein Schlafzimmer gesehen hatte, war sie über den Spiegel an der Decke noch richtig erschrocken gewesen. Der Typ hatte doch vorher so harmlos ausgesehen! Und nun war sie sich nicht mehr so sicher, ob er nicht doch Leichen im Keller hatte und ob nicht viel mehr hinter dieser »Netter Junge«-Fassade steckte.

Am Beginn der Beziehung irritierte der Spiegel sie sehr, schließlich galt ihm nun jeden Morgen der erste kontrollierende Blick, genau wie an jedem Abend der letzte. Ihr Körper konnte nun in jeder Stellung – und an jeder Stelle – ganz genau in Augenschein genommen werden. Es war nicht so, dass Kevin das tat, Lea allerdings nutzte dieses Wohnaccessoire immer intensiver. Mit der Zeit wurde es zur Gewohnheit für Lea, immer und immer wieder in den Spiegel zu sehen. Sie wählte eine Schlafstellung aus, die gut aussah. Wenn ihr Körper im Spiegel massiver wirkte als Kevins, deckte sie sich schnell zu oder brachte sich in eine andere Position.

Doch Leas Blick fiel nicht nur zur Kontrolle an die Decke, sondern wurde auch ein steter Begleiter ihres Sexlebens mit Kevin. Hier beobachtete sie, wie die Muskeln an seinem Hintern und seinen Schenkeln sich an- und wieder entspannten und hier konnte sie sehen, wenn sich seine Hände in einem Kissen festkrallten.

Warum fasste er nicht einfach *sie* an? Wenn sie sich das Ganze ansah, verstand sie es noch weniger. Der Spiegel ermöglichte ihr eine andere Perspektive, wenn sein Körper in sich zusammensackte, und hier sah sie, wie der Schweiß auf seinem Rücken glänzte. Es war fast schon aufregender, dem Akt zuzusehen und dabei die Fantasie spielen zu lassen, als ihn einfach nur zu erleben. Und obwohl sie bis dahin immer bevorzugt hatte, beim Sex auf Männern zu sitzen, ergab es sich nun immer häufiger wie zufällig, dass Kevin auf oder neben ihr lag oder die beiden sich gegenübersaßen, damit sie sich und ihm dabei zusehen konnte.

Manchmal ließ es sich nicht verhindern, dass dabei ihr Blick verschwamm, ihre Gedanken abschweiften und sie sich andere Hände vorstellte, die ihre Brüste packten, einen anderen Hintern, der sich auf und ab bewegte. Und dann war sie plötzlich wieder bei dem einen, ganz besonderen Erlebnis. Für das sie sich einerseits schämte, das sich aber richtiger angefühlt hatte als jedes andere in ihrem Leben.

*

Die Bilder tauchten immer wieder vor ihren Augen auf und setzten ihren ganzen Körper unter Strom. Daves Mund, der vor Erregung leicht offen stand, die vollen Lippen, die erst zart ihre Augenbrauen und dann ihren Mund küssten. Der Geruch von seinem Schweiß. Die Stärke seiner Arme. Pure Männlichkeit. Schon als sich ihre und seine Lippen zum ersten Mal berührten, fühlte es sich an wie die Verschmelzung zweier Wesen, die zu lange voneinander getrennt gewesen waren. Er brummte und sah sie an, als könnte er kaum glauben, wen er da bei sich hatte.

»Seit ich dich damals gesehen habe, hatte ich dich in meinem Kopf … Aber dann hab ich meine Freundin getroffen …«

Lea hörte nur den ersten Teil des Satzes und war überglücklich. Das hier war echt, er und sie würden ein Team werden und alles verändern. Sie beide würden sich von ihren Partnern trennen, zusammen die Welt erobern und mit wunderschönen Kindern bevölkern. Kinder, die wussten, dass sie einer magischen Verbindung entstammten. Sie konnte kaum erwarten, ihn in sich zu spüren.

Sie griff nach seiner Hand und leckte an seinem Zeigefinger. Er brummte. Er öffnete wie benommen wieder die Augen, zog ihr Shirt über ihren Kopf und sah sie gierig an. Er setzte mit seinen Lippen an ihrem Mund an und fuhr von dort über ihr Kinn, streifte ihren Nacken, um sich ihrer linken Brust zu nähern. Dann biss er plötzlich durch ihren BH hindurch in ihre Brustwarze.

Leas Oberkörper bäumte sich auf, vor Schmerz, Überraschung und all den wirren Gefühlen, die plötzlich auf sie einstürmten. Sie merkte, wie sie nicht nur feucht wurde, sondern die Flüssigkeit nur so aus ihr herausströmte. Konnte das wahr sein? In jedem Fall konnte *das* nicht falsch sein! Es fühlte sich viel zu richtig an.

Selbst wenn es falsch sein sollte, wollte sie sich nicht dagegen wehren. Konnte sie sich nicht dagegen wehren. Dieser Moment war alles, der Grund dafür, dass sie auf dieser Erde existierte.

Sie stöhnte auf, als sein Mund sich in Richtung ihres Nabels bewegte, seine Dreadlocks streiften schwer über ihren Körper. Sie griff nach seinem Kopf und drückte ihn weiter nach unten.

»Ich hab keine Gummis«, sagte er und holte sie aus ihrer Trance zurück. »Hast du welche?«

Sie schüttelte den Kopf und hoffte fast, er würde sie einfach packen und mit ihr tun, was auch immer er wollte, ohne sie auch nur zu fragen. Sie wollte mit ihm verschmelzen, der Rest war ihr egal. Ansteckungsgefahr? Ihr Partner? Nichts spielte eine Rolle. Sie wollte ihn spüren. Ganz tief in ihr drin.

Plötzlich konnte sie die Männer verstehen, deren skrupellose Untreue sie so oft in Erstaunen versetzt hatte. Erlebten die auch solche Momente? Konnten die sich auch nicht mehr wehren?

»Wir können nicht«, sagte Lea, als er seine Baggyhose von den Beinen streifte, eine Hand immer an ihrem Körper. Sie war offensichtlich wenig überzeugend und wiederholte die Worte: »Wir können echt nicht«, während seine Hände ihren Slip von ihren Beinen schoben.

»Warum nicht?«, fragte er und streifte mit seinem harten Schwanz, dessen Größe sie kein bisschen überraschte, ihren Schenkel, »nenn mir nur einen Grund.«

Sein Kopf und all die Haare näherten sich wieder ihrem Gesicht. Er legte seine Lippen erst nur regungslos auf ihren Mund, streifte dann in harten Zügen von rechts nach links über ihre, bis er wieder vorsichtig wurde und sie sanft küsste.

»Ich massiere dich ein bisschen«, sagte er und sie war gerne bereit, sich den nächsten Schritt zu erleichtern und alles geschehen zu lassen.

Er legte sie auf den Bauch, biss von hinten in ihren Nacken und setzte sich dann zwischen ihre Beine, direkt vor ihre nackte, nasse und pulsierende Muschi. Er biss in ihre rechte Schulter, während seine starken Hände an ihrem Rücken entlangfuhren und sich langsam ihrem Hintern näherten. Daves Mund folgte seinen Händen auf ihrem Weg über Leas Rücken, bis er in eine ihrer runden Pobacken schnappte. Seine Haare bedeckten Lea, sodass sie sich noch nicht einmal nackt vorkam. Sie fühlte sich wie in einer warmen Höhle, geborgen und sicher.

Sie griff nach seinen Händen, in einem letzten verzweifelten Versuch, das Unvermeidliche noch etwas hinauszuzögern.

Ihre Finger verhakten sich ineinander und sie hatte keine andere Wahl, als aufzugeben und alles geschehen zu lassen. Sie drehte sich wieder um und sah ihm tief in die Augen. Sie suchte in seinem Gesicht mit den niedlichen Sommersprossen und den Grübchen nach einer Antwort auf die großen Fragen, die immer wieder auftauchten, wenn sich ihr Kopf gegen ihren Körper durchsetzte. Was war mit seiner Freundin? Wollte er nur Sex mit ihr haben? Wie würde es später weitergehen? Fühlte er auch diese Magie? Würde er sie morgen für zu leicht zu haben halten und sich für immer verabschieden oder würden sie ab sofort ein unschlagbares Doppel werden? Was würde passieren, wenn die Sonne wieder aufging?

Sie wollte ihm so gern all die Fragen stellen, hatte aber Angst, den Moment zu zerstören und die Magie für immer aufzulösen. Also schwieg sie, verdrängte, und gab sich alle Mühe, den Moment mit jeder Faser ihres Körpers zu empfinden.

Sie konnte deutlich spüren, wie sehr er sie begehrte, wie sehr ihre weiblichen Rundungen ihm gefielen. Er nahm ihre Fülle nicht nur in Kauf, er war begeistert von allem, was er sah und fühlte.

»Oh Gott, was mach ich nur mit dir?«, hauchte er, während er sie zu sich zog und sie einmal mehr seine vollen Lippen küsste, diesmal ganz vorsichtig und trocken. Er zog ihre Arme auseinander und schob sie ein Stück von sich weg. Er sah sie an, nackt, verwundbar, erregt und mit Nippeln, die starr herausstanden, schüttelte mehrmals den Kopf und wiederholte noch einmal: »Was mach ich nur mit dir?«

»Jetzt oder überhaupt?«

»Hm?«

»Meinst du jetzt oder überhaupt?«

»Jetzt und überhaupt.«

Lea hörte »überhaupt« und verstand »für immer«.

Dave zog sie wieder nah an sich und Lea schmiegte sich an die weichen krausen Haare auf seinem Oberkörper.

Nun war es mit der Zurückhaltung vorbei und sie küssten sich leidenschaftlich. Schon davon wurde Lea schwindelig. Sie hatte das Gefühl, als würde sie schweben. Es dauerte nicht mehr lange, bis Lea sich auf Dave setzte, der mit seinen Händen dafür sorgte, dass sein harter Schwanz an der richtigen Stelle stand und mehrmals über Leas Schamlippen und um ihren Kitzler glitt, bevor er dann mit einer Hand Leas Nacken packte und ihren Körper nach unten drückte, sodass sein mächtiger Schwanz endlich in ihre sehnsüchtig wartende Muschi stieß.

Lea war von der harten Macht in ihrem Körper freudig schockiert, konnte sich ein kurzes Aufstöhnen nicht verkneifen und musste sich sofort an Dave festhalten, um nicht auf der Stelle zu explodieren.

*

Der Gedanke an diesen Moment ließ Leas Körper beben. Sie klammerte sich an Kevin, sah in den Spiegel und spürte, wie ihr Gesicht sich verzerrte, wie es das immer tat, kurz bevor sie kam. In diesem Moment konnte sie beide Männer in sich fühlen, Dave und Kevin fickten sie gemeinsam. Lea ließ sich komplett fallen und schrie, während die Wellen durch ihren Körper peitschten. Kevin fühlte sich angespornt und stimmte mit ein, er stieß noch mehrmals kraftvoll zu, bis er schwitzend und mit einem dicken Grinsen über Lea zusammensackte.

Auch sie war durch den heftigen Orgasmus endlich wieder entspannter, konnte ihre Augen nicht sehr weit öffnen und schüttelte mehrmals den Kopf. Kevin dachte, sie würde dies tun, weil sie so von dem Sex mit ihm überwältigt war. Lea tat es, weil sie kaum fassen konnte, dass sie gerade einen heimlichen Dreier gehabt hatte.

Kapitel 2

Halt die Klappe!

Es war so früh am Morgen! Noch fast dunkel. Max schnarchte rhythmisch vor sich hin, war aber wach genug, ihr beim Verabschieden mal schnell im Halbschlaf seinen Finger in die Muschi zu stecken. Tine fand das widerlich. Was für ein Ekel. Er hatte ganz offensichtlich nicht genug Erfahrung mit Frauen, um zu unterscheiden, wann es angemessen war, ein bisschen nasty zu sein und wann man seine Finger lieber bei sich lassen sollte. Vielleicht hatte er von seinen Pornotussis geträumt, die es ja ganz schick fanden, wenn man sie erniedrigte, überlegte Tine.

Sie dachte anfangs, dass er sich die vielen Filme und Clips ansah, weil er noch ziemlich unerfahren war und so was wie eine Gebrauchsanleitung brauchte. Sowieso eine komische Idee, fand sie. Aber es hörte nicht auf, er hörte nicht auf und guckte sich weiterhin Sachen ab, die so gar nicht sein mussten. Blöde Sprüche, unmögliche Stellungen, abstruse Vorstellungen davon, was eine Frau anmachte.

Wie bei ihrem ersten gemeinsamen Erlebnis. Damals wechselte er permanent im Eiltempo die Stellung, als würde er ein festgelegtes Programm in möglichst kurzer Zeit abarbeiten. Sie war irritiert. Beim Gespräch hinterher fragte sie ihn dann ganz direkt, ob er eigentlich Spaß beim Sex hätte. Nach einigem Rumgedruckse hatte er ihr gestanden, dass er soeben sein erstes Mal hinter sich gebracht und dabei sein Bestes gegeben hatte.

Wow! Tine war schockiert gewesen. Er war ein nett aussehender Junge von Mitte zwanzig, eigentlich auch ganz selbstbewusst und dann war er noch Jungfrau. Oder Jungmann. Wäre sie etwas feinfühliger, hätte Tine ganz langsam und vorsichtig versucht, ihn darüber auszufragen. Aber sie war in Gefühlssachen oft eher eine Grobmotorikerin und legte einfach gleich mit den Fragen los und gerne den Finger in die Wunde. Wie? Noch nie? Wolltest du nicht oder hat es sich nicht ergeben? Warum hast du das denn nicht vorher gesagt? Und, wie war das jetzt für dich?

Max wurde irgendwann von seinem klingelnden Handy gerettet und sorgte danach konsequent dafür, dass dieses Thema nicht mehr angeschnitten wurde. Die nächsten Versuche, darüber zu sprechen, gab es im alkoholisierten Zustand, was die Sache für beide leichter machte und irgendwann war dann auch meistens alles in Ordnung. Sie hatten jetzt ein knappes Jahr als mehr oder weniger eng verbundenes Paar verbracht und ihr Sexleben hatte sich auf einen gemeinsamen Nenner eingependelt, obwohl es nicht besonders aufregend war. Aber vielleicht musste das auch so sein, wenn man 'ne richtige, ätzend langweilige Beziehung hatte. Tine war etwas frustriert, vor allem, wenn sie sich an andere Zeiten in ihrem Leben erinnerte. Zeiten, in denen sie sich und ihren Körper in erfahrene Hände begab und das rundum genießen konnte.

Den besten Sex gab's früher immer mit den größten Arschlöchern. Mit Aufreißern, mit abgebrühten Typen, denen die Frau im Grunde ganz egal war, für deren Ego es aber wichtig war, ihre Gespielin kommen zu sehen. Typen, die durch jahrelange Übung genau wussten, wie man eine Frau zu nehmen hatte. Wie man ohne jeden Wortwechsel erkannte, dass man auf dem richtigen Weg war. Wie man sie mit Fingern, mit der Zunge oder dem Schwanz zum Schreien brachte. Hmmm, das war lange her. Viel zu lange.

Wie dieser Typ, Tim, bei dem sie immer wieder versucht hatte, darauf zu achten, was er mit seiner Zunge eigentlich anstellte, damit sie es vielleicht mal jemandem beibringen könnte. Aber daran war gar nicht zu denken, weil er sie jedes Mal innerhalb kürzester Zeit in andere Sphären beförderte und Konzentration einfach nicht mehr möglich war. Er konnte zwar nicht vögeln, aber beim Lecken war er der König. Bisher ungeschlagen.

Und nun lief sie bei Nebel viel zu früh am Morgen durch Hamburg, um ein idiotisches Sonnenstudio aufzumachen. Auch dieser Job war etwas, mit dem sie sich nur abgefunden hatte, um über die Runden zu kommen, nachdem ihr ehemaliger Betrieb Insolvenz angemeldet hatte. Als ihr klar wurde, dass sie die versprochenen Gehälter für die letzten vier Monate als Groß- und Außenhandelskauffrau nicht mehr bekommen würde, war es schon zu spät. Sie hatte längst ihren Dispo überzogen und sich von zu vielen Leuten Geld geliehen und ihre Zahlungen hinausgezögert. Sie musste aus ihrer Wohnung ausziehen.

Zum Glück lernte sie dann Aron kennen, der gerade kurz davor war, ein Sonnenstudio mitten in der Schanze zu eröffnen und ihr zu dem Job auch noch ein kleines Apartment ganz in der Nähe anbot. Damals wirkte das wie die letzte Rettung. Sie sagte sofort zu, zog mit ihren paar Sachen dort ein und begann von nun an, täglich an dem Tresen eines SB-Sonnenstudios zu sitzen und neue Pläne zu schmieden. Eigentlich wollte sie von dort aus ihre Finanzen und ihre weitere Karriereplanung regeln und dann so schnell wie möglich wieder weiterziehen. Aber irgendwie kam ihr keine Idee, die sie wirklich begeisterte. In einem Großhandelsbüro wollte sie jedenfalls nicht wieder sitzen. Aron machte ihr keinen Druck wie ihr ehemaliger Chef und sie genoss es, feste Arbeitszeiten zu haben, in denen ihr keiner über die Schulter guckte. Und sie wollte auf keinen Fall noch etwas machen, das nur als Übergangslösung gedacht war.

Also richtete sie sich ein, in ihrem Apartment und an ihrem Tresen. Genau wie in ihrer Beziehung. Alles nicht ideal, aber gut erträglich. Und bequem. Sie gewöhnte sich daran und hatte ihre Situation lange nicht in Frage gestellt. Doch in letzter Zeit wurde sie oft unruhig. Unzufrieden und uninspiriert.

Irgendwie war das Leben früher besser gewesen. Alles war offen, alles lag vor ihr und war wie eine Wundertüte voller Überraschungen. Sie probierte alles aus, was sich interessant anfühlte. Doch als sie auf die dreißig zuging, wurde sie oft gefragt, was sie denn mit sich selbst vorhätte. Ob sie Kinder haben wollte. Ob es nicht langsam mal an der Zeit wäre, sich einen festen Partner zu suchen. Und wie vorher all die anderen Dinge probierte sie auch diese Version eines Frauenlebens mit vollem Einsatz aus: eine feste Beziehung, ein fester Job und verdammt langweiliger Sex mit dem Partner. Für eine Weile ging alles ganz gut, doch die Zeichen standen jetzt auf Veränderung; das spürte sie immer deutlicher.

*

Lea hatte sich in das Rechenzentrum der Hamburger Uni zurückgezogen. Die Räume mit den Computern waren für sie eine willkommene Möglichkeit, sich auszuklinken und sich konzentriert auf ihre Prüfungen vorzubereiten. Hier wollte sich keiner unterhalten und hier traf sie kaum Leute, die sie kannten. Viele gestresste Studenten saßen an ihren Rechnern und recherchierten, tippten oder surften schweigend im Internet. Hier war sie mitten unter Menschen mit sich allein, was sie sehr genoss. Da Kevin so viel zu Hause war, hatte sie ansonsten kaum Rückzugsmöglichkeiten.

Sie setzte sich in die letzte Reihe im Raum mit den Applerechnern und tippte ihre Zugangsdaten ein. Dann begann sie mit ihrer Bibliotheksrecherche, gab Suchwörter vor, überprüfte Verfügbarkeiten von Büchern und konnte es nicht lassen, ein weiteres Fenster zu öffnen. Eines für die privaten Dinge. Zu den privatesten gehörte die Myhome-Community, die ihr erstes Ziel war, obwohl sie diese *social networks* hasste und sich schon oft deutlich gegen die Digitalisierung der Welt ausgesprochen hatte. Irgendwie war sie seit kurzer Zeit nicht mehr der Mensch, für den sie sich immer gehalten hatte. Denn nun besaß sie ein Myhome-Profil. Einfach nur, weil Dave eines hatte und sie so einen Weg sah, mit ihm in Kontakt zu bleiben und zu verfolgen, was bei ihm so passierte.

Er war online. Leas Herz klopfte. Zumindest in der virtuellen Welt waren sie sich ganz nah. Nur wenige Klicks voneinander entfernt. Vielleicht sah er sich ja gerade auch sehnsuchtsvoll ihr Profil an. Er hatte eine schicke, perfekt gestaltete Seite voller Fotos, auf denen er cool, männlich, markant und sexy aussah – fast noch mehr als im wahren Leben, falls das möglich war. Auf manchen Bildern wirkte er nachdenklich, auf anderen lachte er aus vollem Herzen. Und natürlich waren da auch Bilder von diversen Frauen, die er in der Schanze abgelichtet hatte. Wunderschöne Bilder von wunderschönen Frauen. Samt deren Kommentaren in seinem Gästebuch. Einige davon waren unterschwellig anzüglich. Lea fühlte auf der Stelle Eifersucht in sich aufsteigen.

Das Profil von Daves Freundin war unter seinen »Top-Freunden« und Lea checkte auch ihre Seite regelmäßig, um zu sehen, ob sich ihr Status, »vergeben«, irgendwann änderte. Und um sie anzusehen. Zu sehen, welchen Mund er sonst küsste, welchen Körper er sonst berührte, an wessen Nippeln er sonst leckte. Wahrscheinlich ständig. Süßes Mädchen. Eigentlich. Bis auf die Nase vielleicht. Die entstellte sie etwas, fand Lea. Wäre die nicht, wäre sie wohl ganz hübsch. Aber langweilig. Sehr langweilig. Gar kein Vergleich zu ihm. Wie passte das zusammen?

Sie sah sich ihr Fotoalbum an, die Freundinnen, die Urlaube, die Kostümpartys. Er war nirgends zu sehen, auf keinem einzigen Bild. Doch für Lea war er immer mit dabei, stand daneben, lächelte seine Freundin an. »Lucia und ich leben in unterschiedlichen Welten, deswegen kommen wir uns auch nicht in die Quere«, so hatte er die Beziehung beschrieben. Das hatte Lea so verstanden, als wäre die Sache gar nicht ernst. Nichts, das lange bestehen würde. Nichts, für das er kämpfen würde. Aber trotzdem blieben die beiden ein Paar. Allerdings taten Kevin und Lea das ja auch; also könnte es möglich sein, dass Dave seine Beziehung nur aufrechterhielt, weil er sich nicht sicher war, ob Lea genauso viel für ihn empfand wie er für sie. Das war eine Erklärung, die Lea sinnvoll erschien.

Oder sie war ihm in Wirklichkeit scheißegal und er wollte sie nur vögeln. Aber das konnte ja eigentlich auch nicht sein. Solche Kerle kannte sie doch. Und das fühlte sich anders an. Da wusste man ja schon während sie ihr Schmalz abließen, dass es komplett gelogen war – und machte trotzdem weiter. Ganz bewusst.

Aber bei Dave war es anders. Lea und er hatten eine wirkliche Verbindung. Zumindest gehabt. Da war etwas ganz Besonderes passiert. Sie hatte keine Erklärung dafür, dass es nach ihrer gemeinsamen Nacht nicht weitergegangen war. Er meldete sich nicht bei ihr und schien ihr aus dem Weg zu gehen. Und Lea verstand die Welt nicht mehr. So hatte sie sich das jedenfalls nicht vorgestellt. Und es passte nicht zu dem, was sie über Dave zu wissen glaubte. Und über sich selbst und ihre Fähigkeit, andere Menschen richtig einzuschätzen.

Als Lea auf ihre Uhr sah, erschrak sie gehörig: Scheiße, sie musste ja schon gleich im Raum 3 sein! Sie stopfte alle Unterlagen in ihre Tasche, loggte sich aus dem Netzwerk aus und eilte durch den Gang zum Ausgang und die Treppen hinunter, um dann in Richtung S-Bahn zu rennen. Zum Glück würde Ken zuverlässig die Stellung halten, bis sie dort war. Da würde noch nicht einmal ein blöder Spruch kommen. Er war einfach gerne für sie da. Auch wenn sie sich verspätete oder andere Dummheiten anstellte. Auf den war einfach immer Verlass.

*

Es war genau wie an jedem anderen verdammten Tag hier: langweilig! Tine steckte knietief in einer Krise. Was war nur mit ihrem Leben passiert? Mit all den Plänen und Ideen? Seit Ewigkeiten verging ein Tag wie jeder andere. Und täglich grüßte das Murmeltier. Ausgerechnet in einem Solarium! Im Grunde war das als dauerhafter Arbeitsort ganz schön peinlich.

War es jetzt an der Zeit, alles hinter sich zu lassen und nach Australien abzuhauen, oder waren die nächsten Schritte Hochzeit und Kinder? Kinder, wie furchtbar! Wo sie ihre Figur als Erwachsene noch immer nicht auf den perfekten Stand gebracht hatte, sollte sie sie jetzt gleich noch mehr versauen? Wobei … wenigstens hätte sie dann eine sinnvolle Ausrede. Und einen Menschen, um den sie sich kümmern müsste, der stupiden Jobs endlich einen Sinn gab. Aber dann wäre sie irgendwie auch für immer an Max gebunden. Ob das so eine gute Idee war?

Eigentlich war er ja ein netter Kerl, zuverlässig. Er hielt zu ihr, egal, wie zickig sie manchmal ihm gegenüber war. Aber die Sache mit den Asiapornos gab ihr schon manchmal zu denken. Hätte sie ein gutes Gefühl, wenn er auf die Wandertour in Südostasien gehen würde, von der er immer träumte? Sicherlich nicht. Da würde sie sich lieber vorher trennen, als nach der Reise entscheiden zu müssen, ob sie seinen Erzählungen von harmlosen Begegnungen und unverfänglichen Massagen Glauben schenken könnte. Ob er bei Jungsabenden auf dem Kiez manchmal am Ende in der Thai-Oase landete? Woher sollte sie wissen, dass es nicht so war?

Musste man als Frau tatsächlich irgendwann damit umgehen, dass Männer sich wie Schweine benahmen, oder gab es wirklich Ausnahmen? Im Grunde wäre sie gerade lieber selbst ein bisschen mehr Schwein. Sie wollte etwas fühlen. Etwas, das nicht so wahnsinnig gewöhnlich war.

Tine war schrecklich genervt. Alles war stupide, nichts ergab einen Sinn. Und Spaß hatte sie erst recht nicht. Der einzige Vorteil, den ihr Job mit sich brachte, war, dass sie dort in Ruhe lesen konnte. Eigentlich war ihre Anwesenheit sowieso komplett überflüssig, da in diesem Studio alles automatisch und per Selbstbedienung funktionierte. Sie war eher so etwas wie ein Deko-Element. Sie musste nur dort sitzen, damit die Kunden das Gefühl hatten, dass sich jemand »kümmerte«. Um was auch immer.

Tine stellte fest, dass sie dringend wieder diesen Pappaufsteller ins Fenster packen musste; den mit den drei blöde grinsenden, unterschiedlich intensiv gebräunten Frauen. Dann konnte man zumindest von außen nicht sehen, was sie am Tresen so machte. Gerade las sie *Emilia Galotti*. Lessing. Sie wusste nicht genau wieso. Lea hatte ihr den Text mal mitgegeben, als Tine Rollen für die Aufnahmeprüfung einer Schauspielschule gesucht hatte. War wohl noch aus Leas Deutschleistungskurs.

Die Prüfung hatte Tine am Ende nicht abgelegt, weil sie nicht von einer Schauspielschule verbogen werden wollte. Das war jedenfalls die offizielle Version. Inoffiziell hatte sie einfach im letzten Moment gekniffen. Nun fragte sie sich, ob sie es nicht vielleicht doch mal hätte machen sollen. Dann hätte sie jetzt möglicherweise ein kleines Engagement, von dem sie gerade so leben könnte, und säße nicht in diesem Laden fest.

Früher hätte sie nie gedacht, dass hier in dieser Ecke auf der Schanze überhaupt Leute ins Solarium gingen. Da, wo Lebenskünstler wohnten und sich alle Mühe gaben, intellektuell und total alternativ zu leben oder zumindest so auszusehen. Aber seit sich hier Werbeprofis einnisteten, gab es auch Bedarf an mehr Künstlichkeit, inklusive ungesunder Bräune in Orange. Nach nicht allzu langer Zeit kamen dann die Designerbrillengeschäfte, die Schnellbäcker und ungefähr eine Million Friseurläden.

Da Tine selbst blass blieb, egal, was sie anstellte, war das Thema Besonnung für sie nicht besonders relevant. Zu Lessings Zeiten hätte sie da wohl eher dem Schönheitsideal entsprochen als heute. Tolle Zeit! Und die Sprache war damals auch so viel melodischer und so bedeutungsvoll. Und vieles war zeitlos, hat also nichts an Wert verloren. *Was Gewalt heißt, ist nichts: Verführung ist die wahre Gewalt.* Dieser Satz gefiel ihr. Weckte Sehnsucht in ihr. Sehnsucht nach einer Anziehung, die so stark war, dass es keine Möglichkeit mehr gab, sich zu wehren. Ungefähr so, wie Lea es wohl mit Dave erlebt hatte.

Sie sprach den Satz aus, theatralisch, aber noch ganz leise: »Was Gewalt heißt – ist NICHTS – VERFÜHRUNG – ist die wahre Gewalt!«

Da die Sonnenbank in der einzigen belegten Kabine noch lief, steigerte sie ihre Lautstärke etwas. Tine wollte auch einmal wieder etwas Verbotenes tun. Etwas, von dem sie genau wusste, dass es falsch war, von dem sie sich selbst aber nicht abhalten konnte.

Gerade als sie noch einmal stehend zu »Was Gewalt heißt« ansetzen wollte, sah sie einen Typ auf das Studio zukommen. Er sah aus wie ein Surfer, braun gebrannt und durchtrainiert. »Verführung ist die wahre Gewalt«, dachte sie nur, während er die Glastür öffnete und sie lächelnd begrüßte: »Hi.«

Sie hatte diesen Kerl noch nie gesehen, doch er bewegte sich so sicher, als würde er sich gut auskennen. Vielleicht war das bei einer Sonnenstudiokette auch nicht so schwierig, doch er schritt durch den Raum, als wäre er selbst der Besitzer. Er hatte noch immer Kopfhörer in den Ohren und ein zufriedenes Grinsen im Gesicht.

Er suchte sich einen Turbobräuner aus und zog seine Clubkarte durch den Schlitz in dem Kasten an der Wand. Tine konnte seine Muskeln durch die Jeans hindurch sehen, obwohl sie nicht ganz eng war und in Fransen endete, die über den Flip-Flops hingen und zum Teil den Boden streiften.

Lässig und total entspannt, dieser Typ. Eigentlich war es gar nicht so warm, aber er musste wohl ganz in der Nähe wohnen oder mit dem Auto gekommen sein. Sie hätte nichts dagegen, diesen Typ öfter zu sehen, dachte Tine, als er aus ihrem Blickfeld verschwand. Doch bevor er die Kabinentür hinter sich schloss, öffnete er sie noch mal und schlenderte auf Tines Tresen zu.

»Kann ich dir helfen?«, fragte Tine zu schnell und mit zu hoher Stimme.

»Ja, ich hoffe schon. Ich hab meine Schutzbrille vergessen. Hast du welche da?«

»Klar, ich hab hier alles, was du brauchst.« Tine drehte sich sofort wieder von ihm weg, weil sie beim Flirten nicht so routiniert war, dass sie diese Aussage mit einem tiefen Blick verbinden konnte. Sie griff nach der Glasschale mit den Schutzbrillen und hielt sie dem Typ vor die Nase.

»Greif ruhig zu!« Diesmal sah sie ihn dabei an und grinste mit einer leicht hochgezogenen Augenbraue. Er war nicht schwer von Begriff, sah sie mit einem schiefen Lächeln an und fuhr mit seiner linken Hand über Tines, die noch immer die Schale hielt. Er nahm eine Brille heraus und streifte dann noch einmal über Tines Finger. »Ich schätze, ich muss mich jetzt schnell ausziehen, die Sonnenbank schaltet sich bestimmt gleich automatisch an«, sagte er und entfernte sich vom Tresen.

Tine stellte sich »ausziehen« sofort bildlich vor, war über sich selbst erstaunt und grinste über beide Ohren. Er hatte nach Bodylotion und Aftershave gerochen. Nach Sand und Meer und Sonne. Tine spürte, wie sich zwischen ihren Beinen etwas regte, ihre Muschi zog sich zusammen, während sie sich vorstellte, wie der Namenlose nackt mit einem riesigen harten Ständer vor ihr stand. Sie würde auf ihrem Tresen sitzen und ihre Schamlippen mit ihren Fingern öffnen, während er mit seinem Schwanz auf sie zukam und ihn direkt in sie reinschob. Ohne um Erlaubnis zu bitten. Ohne ein einziges Wort.

Bestimmt war sein trainierter Körper komplett enthaart, dachte sie. Ohne jeden Makel. Reine Perfektion. Bei der Vorstellung kribbelte es in ihrem Unterleib. Er würde am Ende verschwinden, ohne dass sie auch nur drei Sätze gesprochen hätten. Das Sperma würde aus ihr herauslaufen und eine Lache auf dem Glastresen bilden.

Tine versuchte, sich wieder zu beruhigen. Puh, am besten noch mal hinsetzen und runterkommen. Was sollte sie denn machen, wenn er gleich wieder herauskam? Sie merkte, dass sie sich selbst kaum unter Kontrolle hatte und konnte sich gerade noch davon abhalten, zu seiner Kabine zu gehen und anzuklopfen, sobald seine Besonnung vorüber war. Sie erkannte sich selbst kaum wieder. Da kamen Instinkte an die Oberfläche, denen sie nie zuvor begegnet war. Ihr Herz schlug wild. Doch sie wollte ihren Körper nicht gegen ihren Kopf gewinnen lassen. Nicht jetzt. Also wählte Tine eilig Leas Nummer, weil sie so aufgeregt war, dass sie auf keinen Fall allein und unbeschäftigt am Tresen sitzen wollte, wenn der Namenlose – sie taufte ihn spontan »Mister X« – wieder auftauchte. Sie hätte für nichts garantieren können, so sehr hatte er sie umgehauen. Und obwohl sie sich gerade noch ein ganz außergewöhnliches, neues Erlebnis gewünscht hatte, war sie jetzt überfordert und rätselte, ob sie sich sein Interesse nicht nur eingebildet hatte.

Tüüüt. Ach Mann, Lea, geh doch ran! *Tüüüt.* Seine Sonnenzeit würde gleich ablaufen. Lea musste einfach sofort rangehen! *Tüüüt.*

»Hey Sweety!«, erlöste Lea die aufgeregte Tine.

»Hey, wie sieht's aus?«

»Ganz gut. Ich hab mich zum Raum 3 gehetzt, weil ich spät dran war, aber bei dem Wetter ist der ganze Laden leer und

Ken hatte alles im Griff. Alles entspannt. Aber was ist denn bei dir los?«

»Ich hätte gerade beinahe 'nen Typen geknallt. Vielleicht mach ich's auch noch!«

»Was, wie, jetzt mal langsam. Wer knallt hier wen?«

»Ich muss dir das später mal genauer erzählen, er ist noch da.«

»Wie, noch da? Wo bist du?«

»Im Sonnenpunkt. Er liegt unter dem Assitoaster und wenn ich er wäre, dann würde ich mir da jetzt einen runterholen.«

Lea gluckste. »Okay! Du musst nach deiner Schicht auf jeden Fall vorbeikommen, dann machen wir alle offenen Weine leer.«

»Das klingt mal nach 'nem Plan! Aber wir müssen noch ein bisschen reden. Seine Sonnenbank ist gerade ausgegangen und ich will hier nicht irgendwas Blödes machen, wenn er rauskommt.«

»Hallo, Tine? Bist du in 'ner Zeitmaschine gelandet und wieder 13 Jahre alt? Hallo? Ist da irgendwo auch eine erwachsene Person in deiner Nähe?« Tine kicherte, weil ihr klar war, dass Lea vollkommen recht hatte.

»Wie gesagt, kein Problem, hier ist gar nichts los. Deswegen muss der Wein auch mal wieder erneuert werden.«

»Super, Lea, da werd ich dir später tatsächlich helfen! Aber wir brauchen jetzt mal ein neues Thema!«

»Da hätte ich eins anzubieten.«

»Darf ich raten?«

»Brauchst du gar nicht … Ach, ist es nicht schön, dass wir uns ohne Worte verstehen? Wir könnten uns in Zukunft eigentlich einfach nur anrufen und schweigen, oder?«

Beide lachten, bis Tine fragte: »Also, wie ist der Stand?«

»Eigentlich nichts Neues. Ich hab vorhin aber echt zwei Stunden verplempert und seine Webseiten gecheckt. Ich glaub, ich bin besessen. Und auch in ’ne Zeitmaschine geraten. Ich kann es echt nicht fassen. Ich bin doch kein Teenie mehr, doch ich spioniere ihm hinterher wie eine verrückte Stalkerin! Ich hätte bei dem Slam darüber kotzen können, dass ich mich wie eins von seinen Girls an der Bühne angestellt hab, um mal kurz mit ihm zu reden. Ich dachte, ich wäre ’ne erwachsene Frau! Und er hat ganze zwei Sätze mit mir gesprochen, bevor die Nächste an der Reihe war. Wie peinlich!«

»Hast du das so empfunden?«

»Ja, schon. Du nicht?«

»Nein, das fand ich überhaupt nicht. Da war doch total die Spannung zwischen euch. Da hätte doch ein Blinder die Funken sehen können!«

»Echt? Meinst du wirklich?«

»Ja, ganz eindeutig. Der war doch auch auf der Bühne die ganze Zeit auf unserer Seite. Ich hatte sogar das Gefühl, dass der sich selbst daran erinnern musste, auch mal mit der anderen Hälfte des Publikums zu reden. Hast du das nicht gemerkt?«

»Keine Ahnung, wohl eher nicht. Bist du sicher? Paula meinte auch, dass er mich gar nicht beachtet hätte und ihr ziemlich kalt vorkam. Aber selbst wenn; er hat sich seitdem ja nicht gemeldet. Trotzdem muss ich die ganze Zeit an ihn denken. Es könnte alles so schön sein mit Kevin, aber dann kommt der blöde Dave mir immer wieder in die Quere. Der verwirrt mich total und das nervt!«

»Kann ich verstehen. Irgendwie ist das auch noch nicht ausgestanden zwischen euch beiden. Ihr müsst euch wahrscheinlich einfach mal allein treffen. Bei diesen öffentlichen

Begegnungen kann ja nicht viel passieren. Wenn so viele Leute zugucken und alles weitertratschen.«

»Ja, na klar nicht. Aber was soll ich machen, wenn wir das mit dem Treffen nie hinkriegen? Ich weiß noch immer nicht, ob er da dauernd Rückzieher macht oder ob das tatsächlich immer zufällig schiefläuft.«

»Das kannst du bestimmt nur rausfinden, wenn du ihn mal festnagelst. Ihr braucht eine fixe Verabredung, ehrlich!«

»Wenn ich wüsste, wie ich die kriege, hätte ich sie ja längst. Kannste aber mal glauben. Aber am liebsten würde ich das Gefühl einfach abschalten.«

»Also, ich hab das Gefühl, dass bei mir gerade was *an*geschaltet wurde! Oh, ich glaub, seine Tür geht auf; also erzähl du doch lieber noch was.«

»Kein Problem, dann heul ich dir noch mal was vor. Ich versteh einfach nicht, was das mit Dave soll. Ich hab absolut keine Lust darauf, wieder Single zu sein – ich finde es toll, eine Beziehung zu haben und mich mit jemandem zusammen zu entwickeln. Und mich hat ja in der ganzen Zeit mit Kevin nie ein anderer Mann interessiert. Und dann haut mich dieser Typ plötzlich so um!«

»Ich glaub auch, dass ihr beide noch zusammenkommt. Das mit Kevin war ja richtig und wichtig für dich, aber vielleicht ist es einfach irgendwann genug. Und dass er sich mit dir entwickelt, kann man nun nicht wirklich sagen.«

»Wenn ich nicht wüsste, dass eigentlich so viel in ihm steckt, hätte ich ihn schon längst abgeschossen. Das ist ja das Schlimme. Er könnte, wenn er nur wollte! Aber er lässt sich so sehr hängen. Wahrscheinlich würde er in die Steinzeit zurückfallen, wenn ich ihn verlassen würde. Da gäb's dann keine Klospülung mehr und einen riesigen Müllhaufen in der Küche.«

»Ja, vergiss die Wäscheberge und die Motten nicht.«

»Oh Mann, erinner mich bloß nicht daran. Ich versteh aber auch echt nicht, wie Leute freiwillig so leben können.«

»Na, gerade manche Männer scheinen da ja ein bisschen vorbelastet zu sein. Erinnerst du dich an die Männer-WG an der Holstenstraße, wo Tamara 'ne Tomate am Hintern hatte, als sie vom Sofa aufgestanden ist?«

»Ja, da ist sie doch vor Ekel total ausgerastet, oder?«

»Genau, sie fand das nicht ganz so amüsant wie die anderen. Sie geht jetzt nicht mehr auf Hauspartys.«

»Ich fang gleich schon mal mit dem Wein an. Bis du kommst, muss Ken für dich mittrinken. Wie lang musst du denn noch arbeiten?«

»Noch eineinhalb Stunden, dann komm ich sofort rüber.«

»Super! Ich muss mich echt ablenken, damit ich mit der blöden Grübelei aufhöre. Und –«

»Moment mal.«

»Okay.«

...

»Bin wieder da.«

»War er das?«

»Ja, er ist weg. Das ist ein echtes Schnittchen, der sieht aus wie aus dem Katalog. Dem Urlaubskatalog oder dem für Surfwear. Von dem würde ich mich gerne mal auf 'nem Brett herumschieben lassen.«

»Ich bin echt gespannt auf die Geschichte! Ich muss jetzt aber auch mal kurz aufhören, Kens CD ist gleich vorbei und wenn ich nicht sofort eine von meinen einleg, schiebt er wieder seine Schrammelmucke rein.«

»Ok, ich wisch jetzt mal seine Sonnenbank.«

»Gut, aber nicht übertreiben. Bis später.«

Lea lächelte, während sie den Kopf schüttelte. Jetzt war es also so weit, Tine war wieder zu sich gekommen. Sie hatte sich im letzten Jahr viel zu weit von ihrem eigentlichen Naturell entfernt. Nach einer wilden Zeit hatte sie sich echt den spießigsten Typ gesucht, den man in ganz Hamburg finden konnte. Nur weil sie sich plötzlich einbildete, dass das unbedingt so sein müsste. Aber dass dieser Typ sie da jetzt so rallig machte, zeigte deutlich, dass es nur eine Frage der Zeit war, bis Tinchen wieder sie selbst sein würde. Die Chaosfrau, die keiner jemals übersehen oder vergessen konnte. Max war einfach nicht ihre Kragenweite. War es nie gewesen.

*

Paula war mal wieder dabei, Promotionmaterial durch die ganze Stadt zu transportieren. Sie musste zu diversen Orten fahren, an denen man schwer parken konnte – dem Uni-Campus, der Mönckebergstraße, dem Jungfernstieg, der Osterstraße. Kreuz und quer im dichten Verkehr. Dort musste sie zum einen nachsehen, ob die Promotoren auch ihren Job erledigten (die meisten taten das nicht), und zum anderen vor Ende ihrer Schicht die nicht verteilten Flyer, Probezeitungen oder abgegebenen Gewinnspielkarten wieder einsammeln.

Für die Teamleitung gab es ganze zwei Euro mehr pro Stunde als für die Promotoren, aber mit Teamarbeit hatte das alles wenig zu tun. Sie musste die anderen kontrollieren, permanent Berichte ausfüllen und kurzfristig einspringen, falls eines der Möchtegernmodels sich für einen Job spontan doch noch zu schade war oder ein besseres Angebot erhalten hatte. So war Paula schon in Handykostümen, als gelber Buchstabe und als Clown verkleidet durch die Straßen gelaufen. Ganz zu schweigen von den knappen Glitzeroutfits, in denen besonders szenige Firmen ihre »Hostessen« gerne ins Nachtleben schickten. Dass der Begriff »Hostess« auch für Huren gebräuchlich war, fand Paula allerdings passend. Denn auch in ihrem Business musste sie sich oft überwinden und ihre Vorstellung von Würde bisweilen ziemlich weit dehnen.

Paula war in einem Unternehmerhaushalt aufgewachsen. Daher war es für sie selbstverständlich, jede Tätigkeit, die sie ihren Mitarbeitern zumutete, auch selbst durchführen zu können. Sie sah diese Einsätze als Übung, aber manchmal auch als Wink des Schicksals oder als Prüfung. Vielleicht war es ganz gut, dass sie viele Erfahrungen sammelte, bevor sie irgendwann so weit war, ihre eigene Agentur zu eröffnen. Und dann könnte schließlich keiner behaupten, sie hätte sich nicht von unten hochgearbeitet oder wüsste nicht, wie es auf anderen Ebenen abging. Sie war stolz darauf, sich für nichts zu schade zu sein.

An diesem Tag schien alles glattzugehen. Alle Promotoren lieferten artig ihre Reste ab und waren nett und höflich. Positive Vibes, richtig gute Vibes heute, dachte sie, nachdem sie alle Stationen abgefahren war. Alles geschafft, alles gut gegangen, wie schön. Paula hatte noch etwas Zeit, bis sie die Sachen zur Agentur zurückbringen musste. Sie wollte ihr positives Grundgefühl nutzen und sich noch weiter mit guten Schwingungen aufladen, sich nach der Rumtingelei wieder zentrieren. Dass sie einen Parkplatz in einer ruhigen Ecke am Ende der Sternstraße fand, hielt sie für ein unumstößliches Zeichen. Das hieß ganz eindeutig, dass es jetzt an der Zeit war, sich zurückzuziehen. Also parkte sie schwungvoll ein, legte ihre neue Klangschalen-Meditations-CD ein und machte sich bereit für ein Abtauchen in ihr Innerstes. Die mobilen

Meditationseinheiten hatte sie vor einigen Wochen versuchsweise eingeführt und integrierte sie nun nach und nach in ihren Alltag, wann immer sie konnte oder das Gefühl hatte, es nötig zu haben. Meditationen wurden für sie gerade dann zur Herausforderung und großen Kunst, wenn die Orte und Umstände dafür eigentlich unmöglich waren. Je besser sie sich ausklinken konnte, desto weiter war sie oben auf der spirituellen Himmelsleiter und das beruhigte sie ungemein.

Sie klappte die Lehne ihres Fahrersitzes zurück, machte den Knopf ihrer etwas zu eng sitzenden Hose auf und drückte bei ihrer Anlage auf Play. Und schon ging es los mit den Schwingungen der Klangschale, die sich kompromisslos in dem kleinen Corsa ausbreiteten.

gong!

Augen zu.

gong!

Tief durchatmen.

gong!

Die Füße sind ganz schwer und entspannt.

gong!

Die Entspannung zieht sich durch den Körper,

gong!

von ganz tief unten,

gong!

nach ganz weit oben.

gong!

Von den Händen,

gong!

bis in die Fingerspitzen.

gong!

Der Kiefer hängt lose nach unten.

gong!

Fallen.

gong!

Sie fiel durchs Dunkel.

gong!

Sie landete weich.

gong!

Sie war in ihrer Wohnung.

gong!

Zurück in der Vergangenheit.

gong!

Unglücklich.

gong!

Sie konnte sich nicht mehr bewegen. Oh nein! Sie war hier gefangen. Eisig kalt. Jetzt unangenehm schwer. So, als hätte sie Ketten an Händen und Füßen. Fast schon ein Schmerz, körperlich. Bestimmt ein Schmerz, emotional. Sie war zurück in einer Situation, die sie eigentlich erfolgreich verdrängt geglaubt hatte. Jetzt ging Verdrängen nicht mehr, sie saß mittendrin und konnte nichts dagegen tun, musste es fühlen: Paula wollte sich wehren, die Meditation verlassen, aber das ging nicht. Sie musste bleiben und die alten Erinnerungen erkunden. Sie überwinden. Erfahren, was sie aus ihnen lernen konnte.

Sie bekam Angst, sie war noch nicht bereit dazu. Doch sie war gezwungen, still sitzen zu bleiben. Weil sie sich nicht mehr bewegen konnte. Ihr Körper war komplett gelähmt. Schwer. Sie versuchte, ihre Hand zu heben. Es ging nicht.

Konzentrieren, gleich stehst du auf. Den Fokus auf die Muskulatur. Anspannen? Sie hatte keine Chance. Ihr Körper war unendlich schwer, noch nicht einmal der Kopf ließ sich anheben. Was passierte mit ihr? Okay, sie gab sich hin, versuchte zu entspannen. Wahrscheinlich war es wie ein Traum, gleich würde alles wieder normal sein. Sie musste nur aufwachen. Oder sich zuerst auf die Bilder einlassen.

Er war ein Irrtum gewesen. Er hatte sie nie geliebt. Aber sie mochte die Vorstellung von den beiden, das Bild, das sie zusammen abgaben. Damals hatte sie keine Zweifel gehabt. An dem Mann, der sagte, dass er sie liebte. Von dem sie dachte, dass er ihre ganz große Liebe sei. Dann platzte die Seifenblase.

Und plötzlich kamen ihr Erinnerungen an weitere Momente, in denen Liebe Illusion war. Wie bei ihren Eltern, wo es Zuneigung nur dann gab, wenn sie brav war. Doch sie war nie brav genug. Musste immer mehr leisten, kam aber nie zum Ziel. Machte nie genug. Träume waren geboren und platzten. Was zum Lieben blieb, war ein kleiner Hund. Weil auch der die Leere nicht füllen konnte, versuchte sie es mit Männern. Und damit nahm das Desaster seinen Lauf.

Es hatte nicht lange gedauert, bis die Beziehung mit Steve vorüber und damit ein weiterer Traum geplatzt war. Es war befreiend, aber auch traurig. Sie weinte. Nicht um den Mann, sondern um den Traum. Heulte, weil sie daran zweifelte, dass es Hoffnung gab. Für sie und für die Liebe. Er war eine weitere Nummer. Ein weiterer Körper, ein weiterer Schwanz. Jemand, der sie benutzt hatte wie viele andere. Machte sie sich etwas vor, wenn sie sich für so selbstbestimmt hielt, weil sie mit Männern wie Ole ins Bett ging? Sie war schon wieder nur eine Nummer gewesen und wollte doch endlich ein Mensch sein.

gong!

Sie konnte ihren Fuß wieder spüren!

gong!

Es war vorbei – sie kam zurück und war froh, als ihre Körperteile ihr wieder gehorchten.

Paula war irritiert, als sie den CD-Player abschaltete. Sie streckte sich und versuchte, ihre kleine Reise in die Vergangenheit zu verstehen. Eigentlich hatte sie eine schöne Seelentour über grüne Wiesen oder wunderschöne Sandstrände machen wollen, aber offensichtlich gab es andere Themen, die an die Oberfläche wollten. Wie unangenehm.

Sie fror jetzt fürchterlich, zitterte sogar ein bisschen. Was sollte ihr das nur sagen? Was hatte sie da verdrängt? Sie wollte schnell von diesem Parkplatz weg und mit jemandem darüber sprechen. Sie entschied sich dafür, ganz eilig ihr Promomaterial wegzufahren und dann Lea bei der Arbeit zu besuchen.

Doch sie konnte nicht aufhören zu grübeln. Ihr war gar nicht bewusst gewesen, welcher alte Kram da noch in ihr verborgen lag. Verdrängt, ganz offensichtlich. Sie war bisher davon überzeugt gewesen, dass dieses Zeug, Steve und die Kerle vor ihm, längst verarbeitet war. Dass sie mit ihrem Ex abgeschlossen und ihre Schlüsse aus der Erfahrung gezogen hatte.

Und plötzlich kam die Parallele zu ihren Eltern hoch. Das Gefühl, immer etwas leisten zu müssen, um geliebt zu werden. Hing sie deswegen jetzt auf dieser Promotionebene fest? Ganz offensichtlich gab es bei ihr noch etwas zu verzeihen und loszulassen. Vielleicht war es das, was sie machen musste. Vielleicht würde sie sich aber auch zunächst die Tarotkarten legen und sehen, was die ihr mitzuteilen hatten. Zuallererst brauchte sie aber weltliche Unterstützung. Sie hatte sofort an Lea gedacht.

*

Als Paula den Raum 3 betrat, stand Lea wild gestikulierend mit Ken hinter der Bar. Lea hatte ein Glas in der Hand, Paula tippte auf Rotwein, der dort in Saftgläsern ausgeschenkt wurde. Ihre Bewegungen waren sehr ausladend, offensichtlich hatte sie schon ein bisschen was getrunken.

Ken und Lea waren ein lustiges Team. Ihre Gegensätzlichkeit war rein oberflächlich. Er war etwas zu blass und sah aus, als würde er jedes Tageslicht vermeiden. Die einzige Farbe auf seiner Haut war durch den unermüdlichen Einsatz von Tätowiernadeln entstanden. Er war eine coole Sau – düster, verwegen, ein bisschen böse. Seine dunklen Haare waren einen Tick zu lang. Er sprach langsam und mit einer Stimme, die wie durch einen Verstärker kam: tief, gepresst und mit ungeheuerlicher Wucht.

Lea war immer beim ersten Sonnenstrahl draußen und versuchte, so viel Haut wie möglich für die Besonnung freizumachen. Sie freute sich über jede Nuance, die ihre Haut sich in die Richtung bewegte, die ihrer Meinung nach eigentlich für sie vorgesehen war. Ein sonniges, fröhliches Wesen, das wie ein Wirbelwind durch ihre Welt wehte, schnell sprach und kaum still sitzen konnte.

Ken trug enge ausgewaschene Hosen und bedruckte Rocker-T-Shirts. Zu besonderen Anlässen auch mal ein Hemd, das natürlich zerknittert war. Er trank Hartes und rauchte viel, in tiefen Zügen, was wahrscheinlich Teil seines Künstlerhabitus war. Für ihn war klar, dass ein echter Künstler am Abgrund lebte und exzessive Erfahrungen suchte. Der Körper war dabei eher ein Werkzeug, ein Testfeld. Nichts, was besonders pfleglich behandelt werden musste.

Lea war im Gegensatz dazu ein echter Gesundheitsfreak, der sich gelegentlich in komplettes Asketentum zurückzog und sich momentan nur deswegen Alkoholeinheiten erlaubte, weil diese Phase mit dem Label »besonders stressig« versehen worden war. Das begründete Lea gerne mit ihrem Studienabschluss und der vielen Arbeit, doch auch ihre ganz private Verwirrung hatte daran einen nicht zu unterschätzenden Anteil.

Jetzt war Trinken also erlaubt und Lea tat das ausgiebig, wann immer sie auch nur den kleinsten Anlass fand. Gerne auch mit Ken, mit dem sie sich auf vielen Ebenen sehr verbunden fühlte. Er war wie der große Bruder, den sie sich immer gewünscht hatte. Ken und Lea waren beide in ihren Herzen Künstler, die an den Gegebenheiten der Realität scheiterten. Ken schrieb sarkastische Prosa und betrachtete sich als legitimer künftiger Literatur-Nobelpreisträger, dessen Grandiosität womöglich erst posthum gewürdigt werden würde. Lea wäre ihrer Meinung nach die neue Whitney Houston geworden – drogenfrei, versteht sich –, wenn sie sich nach ihren ersten Jobs im Musikbusiness nicht gegen einen Karriereversuch als Musikerin entschieden hätte.

Lea und Ken waren also geeint in ihrer Sehnsucht und Wehmut nach der Version ihres Lebens, die sie sich eigentlich gewünscht hätten, und waren irgendwie in dieser Bar gelandet. Komplett aufgegeben hatten sie ihre Träume jedoch nie. Auch wenn sie das gerne behaupteten. Es war toll für Lea, mit jemandem zu sprechen, der auch an der gleichen Realität verzweifelte. Daran, dass man auch Geld verdienen musste und keinen Raum hatte, um die eigene Kreativität ungehemmt auszuleben. Ihre Gemeinsamkeit minderte die Enttäuschung und befreite von der Schwere. Zumindest zeitweise. Erst recht, wenn sie dabei tranken.

Lea lachte lautstark und haute Ken kräftig auf die Schulter, während sie aufsah und Paula entdeckte: »Hey, Süße, wie cool, dass du kommst!« Lea kam auf Paula zu und drückte sie kräftig. »Heute ist offizieller Meine-Freunde-stoßen-mitmir-an-Tag! Tine wollte eigentlich auch kommen, aber Max hat sie wohl überraschend abgeholt. Willst du ’nen Wein?«

»Vielleicht ’ne Weinschorle. Ich will ja noch mit dem Auto nach Hause. Obwohl, scheiß drauf, ich hab ja ’nen guten Parkplatz. Laufen wir eben nachher zusammen nach Hause.«

Und schon war besiegelt, wie der Abend ausgehen würde. Lea, Paula und sogar der Rocker Ken tanzten zu den Sounds von Angie Stone. Paula und Lea umarmten sich immer mal wieder und hüpften miteinander durch den Raum. Lea begann, aus vollem Hals mitzusingen, und schien den Spaß ihres Lebens zu haben. »Wozu brauchen wir Männer?«, jauchzte sie. Ken mischte sich kurz mit einem Räuspern ein: »Also, bitte!«

Paula schien mittlerweile auch schon viel gelöster und stimmte Lea zu: »Ja, genau, die machen echt immer alles kompliziert. Haste denn von Dave noch was gehört?«

»Nö, aber der kann mich auch mal! Hat mich sowieso nicht verdient! Und ich hab keine Lust mehr auf solche Kinderspielchen. Vielleicht irgendwann auf Kinder, die spielen, aber ich will diesen Kram nicht mit ’nem erwachsenen Typ durchmachen.«

»Da haste recht. Ole hat sich auch immer noch nicht gemeldet. Wenigstens auf die SMS neulich hätte er reagieren können. Aber denkste. Gar nichts. Wahrscheinlich arbeitet er wieder die ganze Zeit, damit er ja nicht mal mit sich allein ist und über sich selbst nachdenken muss. Ich musste vorhin an diese kranke Geschichte mit Steve zurückdenken. Ich glaub, ich sollte mal ein bisschen besser auf mich aufpassen und nicht immer gleich da sein, wenn jemand schreit. Der Ole kann sich mal richtig anstrengen, wenn er mich haben will.«

»Sehr gut! Das sag ich dir ja die ganze Zeit! Warte ab, was passiert, wenn du mal nicht kannst. Oder wenn du einfach nicht zu sprechen bist, wenn er nachts anruft. Du hast es ihm echt zu leicht gemacht.«

»Na, im Endeffekt sollte das ja nie was Festes werden, das wollten wir beide nicht.«

»Also, einen Selbstbedienungsladen wolltest du aber auch nicht eröffnen, oder? Hier, ich schenk dir noch mal nach.«

*

Während Paula und Lea also nach und nach die Gäste vertrieben und am Ende den Laden zumachten, waren Max und Tine auf der Schanze unterwegs. Nach einem Drink im Bedford schlug Tine einen Abstecher ins Le Fonque vor.

Sie wollte unbedingt wissen, wie es da jetzt aussah, seitdem es das Rauchverbot gab. Früher konnte man es in der winzigen Bar, die angeblich früher mal ein Puff gewesen war, schwer lange aushalten und verließ sie grundsätzlich hustend und nach Luft japsend.

Tatsächlich genoss Tine schon beim Reinkommen, dass sie auch drinnen tief durchatmen konnte. Und während einer der wenigen verbliebenen Vinyl-DJs Funkplatten auflegte, fanden Max und Tine das Sofa in der dunklen Ecke am Ende des schlauchigen Raums noch frei vor und setzten sich hin.

Tine hatte beschlossen, heute ein weiteres Mal ihre von einem anderen Mann hervorgerufene sexuelle Energie an Max auszulassen. Mister X sollte ja nicht umsonst in ihr Leben getreten sein. Der nächste Drink half dabei. Für heute sollte Max ein durchtrainierter Surfer sein, der mit ihr spannende Dinge anstellte. Im Freien, wie sie es sich mit Mister X ausgemalt hatte. Sie beugte sich zu ihm hinüber und leckte über seine Wange, um dann sein Ohrläppchen zwischen die Zähne zu nehmen und daran zu ziehen. »Rrrr«, macht sie dabei und warf ihm einen verwegenen Blick zu. Max erschrak zwar etwas, ließ sich dann aber gerne anstecken und zog Tine an sich, um ebenfalls an ihrem Ohr zu knabbern. Mit einer Hand bahnte er sich unter ihrem Shirt den Weg zu Tines Brust.

Tine ließ sich nicht davon aus der Ruhe bringen, dass Max sich wie üblich etwas stümperhaft anstellte. Dies sollte *ihr* Abend mit dem Surfer werden und sie wollte nun auch nicht mehr lange warten. Also sagte sie: »Lass uns nach draußen gehen.« Max hatte begriffen, dass Tine noch Pläne mit ihm hatte und stand sofort brav auf, ging o-beinig zur Bar und bezahlte die Rechnung. Er zog sie fest an sich, küsste sie heftig und überließ ihr dann wieder das Kommando. Sie zerrte ihn an einem Arm nach draußen und war noch ein weiteres Mal überrascht darüber, dass sie gerade ohne Sauerstoffdefizit aus diesem Laden gekommen war.

»Wollen wir mal kurz in den Florapark?« Die Idee, sich nachts in diesen kleinen Park zwischen Haus 48 und Roter Flora zu verziehen, hatte sie ja schon länger gehabt, aber bisher nie umgesetzt.

»Klar. Aber ganz schnell!« Nun umarmte Max Tine fest von hinten und drückte sie das Schulterblatt entlang, wo sie hinter der Roten Flora in den kleinen Park einbogen. Tine spürte die harte Erregung ihres Freundes im Rücken und drückte ihren Hintern dagegen. Da kam ihr die Idee: Jetzt war der Moment für ihren ersten Analsex gekommen! Ihre Erregung überwog das nervöse Gefühl, das sie kurz beschlich, weil sie noch nie mehr als ihren Finger – testweise – in ihrem Hintern gehabt hatte.

Der kleine Park war unbeleuchtet. Daher war es schwer zu überblicken, ob sonst noch jemand dort war. Zu hören war jedenfalls nichts. Tine und Max schoben sich, während sie sich permanent gegenseitig immer wilder berührten, auf der linken Seite des Parks auf eine Bank zu. Tine setzte Max auf die Bank und hockte sich auf ihn. Sie wollte ihn nehmen und verhindern, dass er mit seinen ungeschickten Händen ihre Geilheit zerstörte.

Sie zog mit einer Hand seinen Kopf nach hinten und biss in sein Kinn, um ihn dann wieder zu küssen und heftig mit ihm zu knutschten – etwas, das er ausgesprochen gut konnte. Max wusste kaum, wie ihm geschah, und fand es großartig, wie seine Freundin ihn bearbeitete.

Tine fühlte sich heiß und verwegen und genoss das Gefühl, etwas total Riskantes zu tun und ihren Freund quasi damit zu überfallen. Sie steckte Max beim Küssen zwei Finger in den Mund und spielte mit seiner fleischigen Zunge. Mit der anderen Hand öffnete sie Knopf und Reißverschluss ihrer Jeans. Max versuchte, sich umzusehen, gab aber schnell auf, weil es zu dunkel war und sagte: »Du spinnst ja! Du bist ja total –«

Tine gefiel sich in ihrer dominanten Rolle und flüsterte: »Halt die Klappe!« Sie griff ruppig nach seinem Hosenbund und drängte ihn, seinen Hintern zu heben, sodass sie Hose und Shorts nach unten zerren konnte, während sie breitbeinig vor der Bank stand. Ihre eigene Hose und den Slip hatte sie bereits auf einer Seite ausgezogen und an dem anderen Bein nach außen gedreht.

Sie packte seinen Schwanz mit festem Griff und zog seine Vorhaut so weit wie möglich nach oben, um dann plötzlich in einer schnellen Bewegung wieder mit der Haut über seine Erregung nach unten zu gleiten. Dann schob sie ihre Hüfte wieder über seinen Schoß und hielt sich mit den Händen am Rücken der Bank fest. Sie wischte ihre Schamlippen an seinem Schwanz entlang und mischte und verteilte die Feuchtigkeit, die beide absonderten. Dabei bewegte sie ihre Hüfte immer weiter nach vorne, sodass sein Schwanz ihrem Anus näherkam.

Heute war der Tag, an dem sie sich endlich trauen würde, es zu tun! Sie hatte noch ein bisschen Respekt vor dem Gedanken, dass dieser Schwanz in ihren Hintern sollte. Also schob sie ihn zunächst in ihre Muschi und benutzte Max wie einen Dildo mit Haltegriffen. Es dauerte nicht lange, bis ihr Unterleib anfing zu krampfen und die erste orgiastische Welle durch ihren Körper strömte. Sie wusste, dass da noch viel mehr drin war und fand den Zeitpunkt richtig, um auszutesten, ob auch ihr Anus dafür empfänglich war. Also hob sie ihre Hüfte so weit an, dass der Schwanz komplett herausglitt und griff nach dem glitschigen Gerät. Sie drückte ihn von vorne durch ihre Beine, bis er ihren Anus berührte und ließ dann langsam etwas Gewicht nach unten sacken und achtete ganz gespannt darauf, wie es sich anfühlte, als sie sich Stückchen für Stückchen nach unten bewegte.

Es spannte, war aber nicht schmerzhaft. Dennoch dauerte es einige Sekunden, bis Tine sich traute, sich komplett zu setzen und ihr Becken auch wieder anzuheben. Max riss mit offenem Mund sein Kinn nach oben, als Tine seinen Schwanz ganz aufnahm. Seine Augen waren komplett geschlossen. Tine war überrascht darüber, wie leicht es ging, wo doch sonst immer darauf hingewiesen wurde, dass Analsex ohne Gleitcreme fast gar nicht möglich war. Ihr geschwollener Kitzler berührte bei ihren Bewegungen Max' Bauch, während sie noch nicht einordnen konnte, wie positiv sie die Empfindungen in ihrem Arsch fand, und sie merkte, wie sich die nächste Welle bildete. Ein großer Orgasmus war auf dem Weg, ja, alles begann zu zucken, ihre Augen verdrehten sich nach oben und ihr Mund verzog sich. Nur knapp gelang es ihr, einen Schrei zu vermeiden, während der Orgasmus wie ein Blitz in ihren Körper einschlug, als sie ihr Becken zum letzten Mal auf seinen Schoß drückte.

Wieder zu sich gekommen, betrachtete sie die wenigen in der Dunkelheit erkennbaren Gesichtszüge von Max. Hm, er war also auch gekommen, das hatte sie im Eifer des Gefechts gar nicht mitgekriegt. Sie umarmte Max und merkte, wie der Schwanz in ihrem Hintern langsam kleiner wurde. Plötzlich stellte sie sich eine wirklich entscheidende Frage: Oh Gott, läuft jetzt gleich sein Sperma aus meinem Arsch?

Kapitel 3

Sonnenseiten

Bis vor einer halben Stunde fand Lea ihren Tag noch perfekt. Es war ein entspannter Samstag mit einem leckeren Frühstück, nach dem sie noch mal ins Bett geschlüpft und eingeschlafen war. Dann hatte sie völlig sinnlos in Frauenzeitschriften geblättert und schließlich damit begonnen, sich schöne Bilder und Wörter herauszureißen, aus denen sie eine Zielcollage bauen wollte.

Das hatte ihr Paula immer wieder vorgeschlagen. Auf diese Art sollte man seine persönlichen Wünsche und Ziele visualisieren und dadurch auch viel schneller erreichen können. Einen Versuch war das auf jeden Fall wert. Und Lea hatte ja so einiges vor, für das sie weiteren Ansporn gut gebrauchen konnte. Sie musste sich bewusst machen, wofür es gut war, dass sie jetzt so viel zusätzlichen Druck auf sich geladen hatte. Sie war dankbar für ihren Einstieg in eine Fernsehproduktionsfirma. Trotzdem bedeutete das Stress. Sie musste dort ganz unten anfangen und beweisen, dass sie es wirklich ernst meinte.

Lea rotierte zwischen den Anforderungen in der neuen Firma, den Prüfungsvorbereitungen für ihren Uni-Abschluss und dem Job im Raum 3. Bei alldem fühlte sie sich allein und unverstanden, nicht genug unterstützt. Weder von ihrem Freund Kevin, der sich permanent in Selbstmitleid suhlte, noch von ihren Freundinnen, die auch nicht wirklich nachvollziehen konnten, was Lea gerade zu leisten hatte. Es war, als würde sie an allen Fronten kämpfen müssen und würde dabei schamlos alleine gelassen werden. Doch dieser angenehme Tag hatte sie wieder aufgebaut und Kraft tanken lassen.

Die Zielcollage sollte beim Durchhalten helfen. »Liebe« kam mehrmals auf den Stapel, Bilder von Stränden und Sonnenuntergängen, fröhliche Kinder und ein paar Bilder von Frauen, die cool und zufrieden aussahen. Ein paar schicke Outfits und ein kleiner, feiner weißer Laptop. Cool, daraus würde sie morgen was Nettes basteln und wie auf der Collage könnte ihr Leben dann gerne auch werden. Fröhlich, friedlich und sorglos.

So machte sie sich am Abend beschwingt auf den Weg zur Arbeit. Doch ganz plötzlich war es mit der guten Laune vorbei. Während sie durch den Florapark schlenderte, entdeckte sie ihn plötzlich. Hier saßen bei schönem Wetter immer viele Rastas rum, Dave war aber bisher nie dabei gewesen. Doch heute kam er ihr entgegen. Mit seiner Freundin an der Hand. Lea hätte sich am liebsten sofort versteckt.

Aber das ging nicht. Kein Ausweg, niemand, mit dem sie sich hätte alibimäßig unterhalten können. Ausgerechnet heute war sie auch nicht mit iPod und Sonnenbrille bewaffnet. Scheiße! Sie gingen tatsächlich Hand in Hand! Lea musste weitergehen, einfach weiter. Gesicht entspannen, bloß nicht ausflippen.

Was wollte die eigentlich von ihm? Sie sah aus wie so eine Housetussi, immer mit Spangen im Haar und schicken Stiefeln an den Beinen. »Wir leben in unterschiedlichen Welten«, hatte er gesagt. Besonders auch, weil sie »niemals« Kinder wollte und er unbedingt und das so bald wie möglich.

»Ich will, dass alle gleich aussehen«, hatte er gesagt. Eine Schwarze Familie, in der es keine Außenseiter gäbe. Er traf damit einen Nerv bei Lea, die von einer heilen Familie auch immer nur träumen konnte. Von einer Familie, in der alle gleich aussahen. Wie sehr hatte sie sich als Kind eine Mutter gewünscht, der sie ähnelte. Die ihr hätte sagen können, wie man mit der Welt umging. So eine Mutter wollte sie für ihre Kinder sein. Mit einem ebenfalls erfolgreichen und starken Vater wie Dave an ihrer Seite.

Mit seinem »Ich will, dass alle gleich aussehen!« hatte er eine Sehnsucht formuliert, von deren Existenz sie bis dahin nicht einmal gewusst hatte. Und plötzlich war alles andere egal. Sie hatte den Mann gefunden, mit dem sie den Durst stillen konnte. Sie und er gegen den Rest der Welt.

Später hatte er ihr gesagt, dass er offensichtlich – wie man an dem Intermezzo mit Lea sehen konnte – nicht in der Lage sei, eine Beziehung zu führen, und dass es deshalb gut wäre, dass er mit Lucia nur »so eine Sache« hätte. Er wäre wohl doch noch nicht so weit, eine ernsthafte Bindung einzugehen und wirklich Verantwortung zu übernehmen. Lea war bereit, es trotzdem mit ihm zu versuchen. Sie fühlte einfach, dass er es wollte und dass ihm nur seine Angst im Weg stand. Doch sie kam nicht dazu, ihm das deutlich zu sagen oder zu zeigen.

Und jetzt lief er mit Lucia händchenhaltend durch die Gegend und sah dabei sogar glücklich aus. Was sollte das?

Warum sie das so aufregte? Wo sie doch selbst einen Freund hatte, mit dem sie manchmal an den gleichen Orten unterwegs war? Auch für sie war ihre Reaktion nicht wirklich logisch. Dennoch stellte sie sich unentwegt Fragen. Hätte sie sich sofort von Kevin trennen müssen, um für Dave frei zu sein? Oder hätte sie sich dann bei beiden alles verbaut, weil er gekniffen und Kevin ihr nicht verziehen hätte? Warum vermisste er sie nicht? Warum spürte er sie nicht? Warum hatte er immer noch nicht gemerkt, dass sie nur wenige Meter von ihm entfernt war?

Sie ging weiter und versuchte vergeblich, entspannt zu bleiben. Zu ihrem Glück entdeckte Dave Bekannte, die auf dem Grashügel saßen, und wandte sich ihnen zu, zog seine kleine Freundin an einer Hand hinter sich her. Puh, also keine peinliche Begegnung. Lea atmete auf. Schnell weiter. Sie kramte intensiv in ihrer Handtasche, die glücklicherweise an ihrer linken Schulter hing, und ließ den Hügel unbeachtet rechts liegen. Jetzt ganz schnell raus da. Lea lief gegen die falsche Seite des kleinen Tores, das den Park direkt neben der Skate-Anlage der Roten Flora abschloss. Autsch! Andere Seite. Ziehen? Drücken? Nur nicht in Panik geraten. Zwei Rastas kamen auf sie zu, gingen widerstandslos durch das Gatter und hielten es für sie auf.

Lea freute sich, als sie einen von ihnen erkannte. Der ältere war ihr schon öfter wie ein menschlicher Schutzengel vorgekommen, der immer dann auftauchte, wenn sie gestresst war oder unglücklich durch ihr Viertel lief. Er strahlte Wärme und Güte aus und hatte leuchtende Augen in seinem bärtigen Gesicht mit den fröhlichen Falten. Sie hatte ihn schon oft herzlich lachen sehen. So mitreißend, dass sie ohne jeden weiteren Anlass auch loslachen musste.

Sonst wusste sie nicht viel über ihn. Nicht, wie er hieß, wie alt er war oder womit er seine Zeit verbrachte. Nur, dass er immer wieder plötzlich auftauchte, wenn Lea gerettet werden musste. Er war ihr guter Geist und sie nahm sich vor, sich demnächst dafür zu revanchieren. Aber jetzt musste sie erst mal weg. So schnell wie möglich.

*

Im Raum 3 angekommen, legte Lea eilig ihre Sachen ab und machte sich sofort an die Arbeit. Sie musste sich dringend beschäftigen, um irgendwie zu verdauen, was da gerade passiert war. Einfach so passiert, mit einer Gleichgültigkeit, die ihr nicht angemessen erschien. Für sie hatte die Sache mit Dave jedenfalls alles bedeutet. Also war dies ein Tag für Fleißaufgaben; sie entstaubte die Barregale, sortierte Bierdeckel und CDs, putzte alle Zucker-, Salz- und Pfefferbehälter und füllte sie auf. Danach wurde das Besteck poliert.

Sie hatte das Gefühl, besser klar sehen zu können, wenn ihre Hände beschäftigt waren. Sie ordnete Dinge im Laden und versuchte das Gleiche mit den Gedanken in ihrem Kopf. Also legte sie eine Liste an:

1. Ich habe einen Freund, der mich liebt.
2. Dave ist mit seiner kleinen Tussi zusammen.
3. Es ist gut so, wie es ist, und ich muss es nur annehmen.

Die Komponenten der Gleichung waren klar und auch das Ergebnis war eindeutig: Sie musste sich die Sache mit Dave endlich aus dem Kopf schlagen und sich voll auf ihren Freund Kevin einlassen. Vielleicht war die Begegnung mit Dave nur eine Prüfung, ein Hindernis, das sie überwinden musste, um mit Kevin glücklich zu werden.

Wahrscheinlich würde dann in ihrer Beziehung der Knoten platzen. Vielleicht spiegelte Kevin ihr ja auch nur ihr Verhalten zurück und seine Inaktivität lag somit an ihrer eigenen Unsicherheit? Nee, das konnte aber auch nicht stimmen. Oder doch? Es kam auf einen Versuch an. So wollte sie es jetzt noch ein letztes Mal mit vollem Einsatz probieren und sich nicht mehr von irgendwelchen Idioten ablenken lassen.

Gleichzeitig war Lea trotzdem davon enttäuscht, dass Dave sich für seine kleine Freundin und nicht für sie entschieden hatte. Doch sie würde jetzt endlich aufhören, sich über Dave den Kopf zu zerbrechen. Sie würde stark bleiben und sich noch mehr anstrengen, um eine gute Partnerin für Kevin zu sein und dann würde sie auch etwas von ihm zurückbekommen. Vielleicht war sie einfach gerade dran mit dem Investieren. Ihr würde schon noch etwas einfallen, um ihn wieder zum Lachen zu bringen, ihm ein Ziel und eine Perspektive zu geben. Dass sie momentan seit der Auflösung ihrer Schanzen-WG – eine der vielen Modernisierungsmaßnahmen im Viertel –, gegen die sie auch mit Hilfe des Mietervereins nicht ankam, vorübergehend bei ihm wohnte, konnte dabei ja auch nur förderlich sein. Und sobald er sich ein bisschen gefangen hätte, wäre er sicherlich auch ein großartiger Mann. Ein wirklicher Partner, auf den sie bauen könnte.

*

Paula entspannte sich zu Hause und machte es sich so richtig gemütlich. Sie ließ sich ein Bad ein und warf ein paar Badeperlen in das heiße Wasser, bevor sie langsam in die Wanne glitt. Hmm. Es roch nach Rosenöl und war angenehm warm. Im Hintergrund liefen asiatische Klänge von einer Wellness-CD, die sie kürzlich in einem Geschenkeladen erstanden hatte, zusammen mit der Klangschalenmeditation. Ahhh. Für diesen Monat waren alle Jobs erledigt, die Rechnungen waren abgeschickt und so war jetzt Regenerieren angesagt. Nichts anderes, als den Stress loszulassen und sich selbst zu verwöhnen.

Paula streichelte sich selbst liebevoll über ihre Arme, glitt mit ihren Händen in dem ölig warmen Wasser über ihre Brüste und dann über ihre Beine. Sie atmete tief durch und ließ ihre Haare nass und schwer werden. Sie senkte ihren Kopf, das

Wasser lief über ihr Gesicht. Sie hob ihren Kopf wieder etwas an und wischte langsam das ölige Nass weg und massierte ihr Gesicht in Bewegungen, die laut dem Buch einer Zauberin ein ewig jugendliches Aussehen garantierten.

Sie stieg aus der Wanne und beobachtete das Dampfen auf ihrem Körper. Paula nahm sich ihr größtes und kuscheligstes Handtuch vom Regal und wickelte sich darin ein. Sie schmiegte ihren Kopf an die weiche Haut ihrer Schulter und küsste sich anschließend selbst an der Stelle.

Behutsam legte sie eine Hand an ihre rechte Brust, hob sie an und leckte erst über und saugte dann an ihrem Nippel. Früher hatte sie so etwas nur gemacht, weil sie wusste, wie sehr dieses Bild Männer anmachte. Doch jetzt war es für sie allein. Sie setzte sich auf ihr Bett, deckte sich mit einem Laken zu und ließ sich nach hinten fallen. Sie fuhr damit fort, ihren Körper zu streicheln und legte schließlich ihre linke Hand unterhalb ihrer Muschi ab. Dann folgte ihre rechte Hand, die sich von ihrem Nabel aus langsam nach unten bewegte und zunächst nur auf ihren Schamlippen liegen blieb. Dieser Abend war allein für sie!

Sie wölbte langsam ihre rechte Hand und strich mit ihren Fingern über die eingeölten Schamlippen, die sie in der Badewanne frisch rasiert hatte. Vor und zurück, machmal im Kreis. Sie konnte schnell spüren, wie ihre Scheide ein Eigenleben entwickelte, unkontrolliert zuckte und sich zusammenzog. Sie begann, über ihren Kitzler zu fahren, schloss die Augen und genoss, wie ihr Körper auf die immer schneller werdenden Bewegungen ihrer rechten Hand reagierte, die nach und nach auch mit ein paar Fingern ein Stück weit in sie eindrang.

Nachdem sie zum ersten Mal laut stöhnend gekommen war, legte sie die Hand zunächst schützend und beruhigend über ihre Schamlippen, um nach wenigen Minuten der Entspannung noch einmal von vorne zu beginnen.

Es brauchte vier Orgasmen, bis Paula sich komplett gestärkt und entspannt fühlte. Sie träumte noch einige Sekunden mit geschlossenen Augen, bis sie aufstand und ins Bad ging, um ihre Hände zu waschen. Dann kuschelte sie sich mit einer flauschigen Decke auf ihr bunt gestreiftes Sofa und schaltete den Fernseher ein. Der Rotwein stand schon auf dem Couchtisch eingeschenkt bereit. Paula nahm den ersten Schluck und freute sich darauf, an diesem Abend nur für sich selbst da zu sein. Nach ein paar Klicks auf ihrer Fernbedienung entschied sie sich für eine DVD. Männer sind wie Fernsehen, dachte sie. Man suchte etwas, fand dann aber nur Trash. Masturbation und Lieblingsfilm-DVDs schienen da vielversprechender zu sein.

Um 2.44 Uhr wurde Paula vom Klingeln ihres Handys aus ihren glückseligen Träumen gerissen und schälte sich benommen von ihrem Sofa. Es dauerte einige Durchgänge ihres Klingeltons, bis sie ausmachen konnte, wo ihr Telefon lag, und noch mal zwei, bis sie auf die Uhr gesehen und sich zum ersten Mal darüber gewundert hatte, wer sie um diese Zeit anrief. Hoffentlich war nichts passiert, dachte sie, bis sie auf ihr Display sah: Es war Ole.

Nein. Heute nicht. Der sollte einfach mal alleine betrunken nach Hause gehen – sie würde es sich ganz ungestört gut gehen lassen und sich jetzt nicht um andere Leute kümmern! Das Klingeln endete, nur um nach wenigen Minuten erneut einzusetzen. Der hatte es aber nötig. Paula stellte sich vor, wie es wäre, wenn sie jetzt rangehen würde.

Er wäre betrunken oder mit anderen Drogen voll und würde aufgeputscht und erregt in ihre Wohnung kommen. Wie immer, wenn er sich nachts nach dem Feiern meldete, um sie dann zu besuchen. Für eine intensive Nummer. Es wäre leidenschaftlich, liebevoll und nah. Heiß und verschwitzt. Aber am nächsten Tag würde er lange schnarchend ausschlafen und müsste dann nach dem Aufwachen sofort los, um sich danach sehr lange nicht mehr bei ihr zu melden.

Sie hatte sich schon oft gefragt, ob er sich an die schönen Momente und zärtlichen Worte, die er mit ihr geteilt hatte, erinnerte. Ob er sich schämte, weil er sich so verletzlich und gefühlvoll gezeigt hatte? Oder ob er hinterher einfach keine Ahnung mehr davon hatte?

Nein, heute würde sie stark bleiben. Zum ersten Mal seit sie sich kannten, würde sie nicht für ihn da sein, nicht für ihn erreichbar sein. Lea hatte recht, sie würde jetzt damit aufhören, sich wie ein Selbstbedienungsladen anzubieten. Mal sehen, ob er dann auf die Idee kommen würde, sich auch tagsüber bei ihr zu melden. Mit ihr in ein Café oder zum Essen zu gehen. Auf diese harte Tour würde er endlich merken, was er eigentlich an ihr hatte!

Das Handy hörte auf zu klingeln und Paula entschied sich, hart durchzugreifen, um nicht doch noch in Versuchung zu kommen. Sie schaltete das Telefon ab. Und dann den Fernseher. Von dem Film hatte sie höchstens eine halbe Stunde gesehen, bevor sie eingeschlafen war; den Rest konnte sie sich also für den nächsten Tag aufheben. Sie fühlte sich stark und beschwingt, schließlich hatte sie sich heute nur um ihre eigenen Bedürfnisse gekümmert und sich den Mann nicht in die Quere kommen lassen. Mit einem zufriedenen Lächeln schlüpfte sie unter ihre Bettdecke, wo sie sich streckte und kurz darauf glücklich einschlief. Was für ein perfekter Abend!

*

Sonntagmorgen, 7 Uhr, Sonnenpunkt Feldstraße. Tine hatte es gerade so rechtzeitig geschafft, an ihrem Arbeitsplatz aufzuschlagen. Es war die neue grandiose Idee des Besitzers Aron, samstags und sonntags richtig früh aufzumachen, damit die Neu-Schanzianer sich zwischen Partynacht und ihrem repräsentativen Auftritt bei einem der portugiesischen Cafés auf dem Schulterblatt oder beim Frühstücksplausch in einem der anderen Läden noch mal auffrischen konnten. Er hatte dafür sogar extra Flyer drucken und an strategisch wichtigen Orten verteilen lassen. Gekommen ist um diese Zeit bisher nie jemand, aber Aron ging davon aus, dass sich das Ganze erst mal rumsprechen und etablieren musste. Eigentlich war er sich sicher, dass er damit eine Marktlücke entdeckt und einen ganz neuen Trend kreiert hatte, der ihn demnächst nicht nur reich, sondern auch berühmt machen würde.

Also hatte Tine sich mal wieder aus dem Bett gequält, kurz geduscht und das Schminken auf später verschoben. An ihrem Arbeitsplatz hatte sie einen ganzen Stapel Bücher unter der Theke verstaut, den sie aus einem Pappkarton mit der Aufschrift »zu verschenken« gerettet hatte.

Neben ein paar miefigen Liebesromanen waren darunter ein Buch mit Haushaltsregeln aus den fünfziger Jahren und eines, das ein in den Achtzigern geschriebenes Resümee aus den bisherigen feministischen Bestrebungen darstellte. Als Tine den Buchdeckel gelesen hatte, fand sie es beinahe amüsant, dass da vor gut 25 Jahren die gleichen Dinge verkündet wurden, die man auch jetzt immer in den Schlagzeilen zu lesen bekam. Frauen hätten mittlerweile alle Möglichkeiten, aber wären gestresster und unglücklicher als jemals zuvor. Und: Je gebildeter die Frau sei, desto unwahrscheinlicher sei eine Heirat.

Na, da hat sich ja nicht viel geändert, dachte Tine. Wir kriegen weiterhin weniger Geld für gleiche Arbeit und müssen uns männlichen Vorstellungen davon, was eine Frau zu tun, zu machen und zu sein habe, anpassen. Spannend. Sie wollte sehen, welche Lösungsvorschläge es vor 20 Jahren zu diesen Fragen und Fallstricken gab.

Tine wäre gerne eine Feministin gewesen, hätte gerne für irgendetwas Großes gekämpft, aber sie wusste nicht, wo sie anfangen sollte, und fühlte sich nicht wichtig und schlau genug, um etwas verändern zu können. Sie bewunderte Paula für ihren Vegetarismus und Lea für ihre großen politischen Aktionen und die intellektuellen Debatten, die sie führte. Aber wenn Lea von »postkolonialer Kritik« und »Whiteness als Analysekategorie« sprach, fühlte sie sich immer wie ein kleines Dummchen. Es gab kein Thema, bei dem sie sich wirklich gut auskannte, und daher hatte sie auch keine festen Standpunkte, sondern tat immer gerade das, was sie in dem Moment als richtig empfand.

Vor einiger Zeit hatte sie damit angefangen, sich über die unterschiedlichsten Themen zu informieren. Aber heimlich. Auch wenn sie mit den »großen Autoren« oft nicht so viel anfangen konnte, erkundete sie spielerisch den Klang von Texten, am liebsten laut vorlesend und mit vollem Körpereinsatz. Nach und nach tastete sie sich nun auch an Sachbücher heran. Die großen Themen begleiteten die große Literatur. Solange es keiner mitbekam, fühlte sie sich frei dabei, sich kreuz und quer durch die unterschiedlichen Bereiche zu lesen und jederzeit ein Thema wieder als uninteressant beiseitelegen zu können. Sie wusste, dass sie früher oder später etwas finden würde, das sie so richtig begeisterte, und da würde sie sich dann auch engagieren.

In jedem Fall war sie glücklich darüber, dass sie nun einen Weg gefunden hatte, ihrem Job eine Art von Tiefe und Sinn zu geben, die er an sich eigentlich nicht hatte. Er zwang sie aber dazu, ohne Fernsehen oder andere stupide Ablenkungen über Stunden an einem Ort zu bleiben und sich zu beschäftigen. Nach einigen Monaten mit Kreuzworträtseln, Sudoku und Zeitschriften hatte sie begonnen – zum ersten Mal nach Jahren –, wieder Bücher zu lesen.

Zumindest in dieser einen Beziehung hatte der Sonnenpunkt ihr Leben positiv beeinflusst. Und sie konnte sich fürs Erste bei einem festen Gehalt und kleinen Fixkosten einpendeln und damit nach und nach die Schulden zurückzahlen, die sie angehäuft hatte, als ihr alter Betrieb pleiteging. Hier war ein fester Pol, der weitere Schnellschüsse verhinderte. Und das war gut so. Doch sie sehnte sich weiterhin nach etwas Aufregendem, nach Spontaneität und dem Gefühl von Freiheit.

Mit halbherzigem Einsatz stapelte Tine Handtücher auf dem Tresen, legte die Schale mit den Schutzbrillen daneben und schob sich einen der roten Bonbons, die in einer weiteren Schale ausgelegt waren, in den Mund, als sie hörte, wie die Tür geöffnet wurde. Sie verschluckte den Bonbon, als sie sich zum Eingang drehte und begriff, wer da so früh am Morgen hereinschneite: Mister X, der Surfertyp, der sie vor Kurzem schon zum Überkochen gebracht hatte. Er lächelte sie an, während sie mit einem Hustenanfall kämpfte. »Oh Gott, alles gut?«

Tine konnte vor Husten nicht antworten, also kam Mister X mit schnellen Schritten auf sie zu, packte sie an einem Handgelenk und klopfte mit seiner anderen Hand beherzt auf ihren Rücken. Tines Husten ging in ein hysterisches Lachen über. Nun wandte sie sich ihm zu und stützte sich auf ihn, während sie lauthals weiterlachte. »Sorry, ich hatte gerade ein

Bonbon verschluckt. Normalerweise kommt um diese Zeit niemand hier rein.«

»Na, ich schätze, ich kam genau rechtzeitig, um dich zu retten.«

»Sieht so aus. Wie kann ich das nur jemals wieder gutmachen?«

»Hm, du könntest mir ’ne Besonnung spendieren, oder?«

»Sorry, läuft nicht. Da bin ich meinen Job gleich los, wenn das rauskommt. Wieso bist du denn so früh auf den Beinen?«

»Ich war noch gar nicht im Bett. Ich war mit Freunden auf dem Kiez und jetzt waren wir noch bei Erika’s Eck und haben Schnitzel gegessen. Echt der beste Laden, wenn man gefeiert hat.«

Tine betrachtete ihn etwas genauer. Diesmal trug er Sneakers, Jeans und ein enges Shirt mit V-Ausschnitt. Keine Haare auf der Brust, gebräunte Haut. Dass sein Körper steinhart war, hatte Tine beim Aufstützen schon beeindruckt festgestellt. In seinem Gesicht konnte man erkennen, dass er feiern gewesen war. Die Augen waren nicht mehr ganz so klar, es gab leichte Augenringe, Bartstoppeln, die Haut war leicht gerötet. Er wirkte ziemlich mitgenommen, so als müsste er mit seinem Kuscheltier einschlafen und ganz lange komatös liegen bleiben. Doch er war noch nicht bereit dafür, sich hinzulegen, denn während er mit offenem Mund gähnte und Tine ansah, fragte er mit erotischer Energie in der Stimme: »Wie war das jetzt mit einem Dankeschön?«

Tine fühlte sich etwas überfordert in der Situation, dass dieser Typ jetzt direkt vor ihr stand, während sonst niemand in der Nähe war. Sie wollte herausfinden, wie weit er gehen würde. Also sagte sie: »Okay, du hast drei Wünsche frei, aber einen davon darf ich ablehnen.«

Er lächelte sie mit einer hochgezogenen Augenbraue an und dachte über dieses Angebot nach. »Gut. Dann wünsch ich mir als Erstes, dass du mit mir zur Sonnenbank kommst und mir das Gerät ganz genau aus der Nähe zeigst.«

»Kein Problem, welche Bank soll es denn sein?«, fragte Tine mit einer durch die Aufregung etwas höher gewordenen Stimme.

»Ich zeig sie dir«, entgegnete er, fasste von hinten an Tines Schultern und schob sie vor sich her in eine der Kabinen. Er ließ sie darin stehen, um die Bank mit seiner Clubkarte zu aktivieren, und kam grinsend wieder zurück. Offenbar war er plötzlich wieder wach und fit. Er schloss die Tür hinter sich und verriegelte sie. Tine fühlte, wie ihr Herz zu pochen begann. Mister X hängte seine Lederjacke an den Wandhaken und zog sich dann sein Shirt über den Kopf. Wow, was für Brustmuskeln! Tine witterte den Geruch von Schweiß, Zigaretten und Alkohol und war überrascht, dass sie diese Eindrücke nicht abtörnten. Ganz im Gegenteil. Sie machten sie heiß.

»Was sollte ich dir noch mal zeigen?«, fragte Tine, als ihr fleischgewordenes Fantasieobjekt seinen Gürtel öffnete. »Warte, ich mach mich erst mal fertig.« Er streifte seine Jeans über seine Beine nach unten und entledigte sich gleichzeitig seiner Schuhe.

Tine wusste nicht, wo sie hinsehen und was sie von alldem halten sollte, was da vor ihren Augen vor sich ging. Also beobachtete sie erst mal, was Mister X so machte, und wartete staunend ab. Er stand jetzt in engen schwarzen Shorts vor ihr. Der ganze Körper war wie gemeißelt und komplett haarlos. Sogar an den Beinen. Er wandte sich Tine noch einmal direkt zu, bevor er seine Hose herunterzog und einen rötlich glänzenden Ständer entblößte. Yes, er war sogar beschnitten! Er setzte gerade dazu an, noch einmal etwas zu sagen, als die Sonnenbank sich geräuschvoll anschaltete.

»Also, was du mir zeigen müsstest, ist, wie das mit der nahtlosen Besonnung funktioniert. Kannst du mir das mal vorführen?«

Tine war sich nicht so ganz im Klaren darüber, was Mister X mit ihr vorhatte, aber sie ließ es gerne zu, als er auf sie zukam und ihr Shirt etwas ruppig über ihren Kopf zog. Ihr Zopf schlug gegen ihren Rücken und traf genau das Pochen ihres Herzens, das ihr Blut wie wild durch ihren Körper jagte.

Als Nächstes machte Mister X sich an Tines Hose zu schaffen, öffnete Knopf und Reißverschluss und schob die Hose samt Tines Slip bis zu den Knien herunter. Dann wartete er, und als Tine nicht reagierte, sagte er: »Du kannst schon auch mitmachen. Beinchen hoch!«

Tine hob also erst ihr rechtes, dann ihr linkes Bein aus der Hose heraus und stand nun nur im BH vor dem unbekannten Nackten. Der blieb vor ihr hocken, hob nochmals ihr linkes Bein hoch und legte es über seine muskulösen Schultern, dann leckte er an ihrem Schenkel entlang und näherte sich schnell Tines Schamhügel. Er leckte gekonnt über ihre Schamlippen und wusste genau, dass er sich nicht gleich mit voller Kraft auf den Kitzler zu stürzen hatte.

Er umspielte mit breiter Zunge ihre Schamlippen von außen, bevor er sich auf die Innenseite zu leckte und langsam den Kitzler erreichte und vorsichtig umkreiste. Gleichzeitig hielt er mit beiden Händen Tines Hintern fest und bewegte so ihren Unterleib rhythmisch, während er mit seiner Zunge an einer Stelle mit leichtem Druck liegen blieb.

Tine konnte kaum fassen, was sie da so unverhofft erlebte. Sie fühlte sich wie in einer weit entfernten Dimension und gab sich ganz dem hin, was dieser Typ da mit ihr anstellte. Das musste ein Traum sein, der war ja mindestens so gut wie Tim. Als ihre Muschi in Erwartung eines Höhepunkts anfing zu pulsieren, hörte er plötzlich auf und setzte sie auf den Rand der Sonnenbank, die noch immer geräuschvoll lief.

Es erforderte eine gewisse Akrobatik, Tine so auf der Bank mit dem offen stehenden Deckel zu positionieren, dass sie nicht anstieß und auch nicht in die Röhren gucken musste, aber nach einigen Versuchen und einigem Gekicher hatten sie eine Position gefunden. Tine stand mit einem Fuß auf dem Boden, während der andere mit dem Rest ihres Körpers auf der Sonnenbank ruhte. Sie ließ sich einfach von ihm hinlegen und wartete gespannt darauf, was er wohl mit ihr vorhatte. Er blieb außerhalb der Sonnenbank auf den Knien, griff noch mal nach hinten in seine Jeanstasche und brachte eine Kondompackung zum Vorschein. Tine dachte nur »ein Profi, wie cool«.

Er streifte sich den Gummi schnell und gekonnt über und begab sich wieder in seine Ausgangsposition. Er leckte an seinen Fingern und massierte zunächst noch mal Tines Muschi, bevor er seinen in goldenen Gummi gekleideten Schwanz in sie hineinschob. Beiden war egal, wie unbequem ihre Positionen waren. Er hielt mit einer Hand den Deckel der Sonnenbank nach oben, mit der anderen berührte er Tine voller Leidenschaft. Ihr Körper bebte, während er immer schneller in sie hineinstieß. Tines Körper bäumte sich auf, als sie kam, und es brauchte nur noch wenige harte Stöße, bis auch er so weit war und sich ganz tief in sie hineindrückte, um dann wieder durchzuatmen. Wow! Eine laszive Frauenstimme kam aus der Sonnenbank und unterbrach die Stille: »Wir hoffen, Sie sind mit dem Bräunungsergebnis zufrieden.«

»Ja, find ich schon«, sagte Mister X mit einem verschmitzten Grinsen. »Oder was sagst du?«

Tine schälte sich benommen aus der Sonnenbank und auch er richtete sich auf. »Ich bin übrigens Tine«, sagte sie und streckte ihre Hand zu ihm aus. »Ole«, er schlug ein und bediente sich am Papierspender, um sich zu säubern.

»Was waren denn die anderen beiden Wünsche?«, wollte Tine wissen.

»Das lass ich dich bei Gelegenheit mal wissen«, sagte Ole, während er seine Sachen wieder anzog. Ganz pflichtbewusst nahm er die Sprühflasche mit dem Reinigungsmittel und beseitigte damit Tines Schweiß und überdeckte den Geruch von Sex und Vanillekondom, der überdeutlich in der Luft lag.

Dann entriegelte er die Kabinentür und hielt sie für Tine auf, die mit einem breiten Grinsen herauskam. Als sie nach vorn in Richtung der Theke sah, erschrak sie kurz, weil da eine Frau stand. Schon der zweite Gast zu dieser bescheuerten Tageszeit. Als die Person sich drehte, erkannte sie ihre Freundin Paula und kam schnell auf sie zu: »Hey Paula!«, rief sie freudestrahlend. Doch Paulas Blick gefror, als sie erkannte, mit wem Tine aus der Kabine gekommen war. Ihr Körper versteifte sich und sie sagte: »Hallo Ole.«

Es dauerte einige Sekunden, bis Tine begriff, dass ihr Abenteuermann kein ganz so großer Unbekannter gewesen war, wie sie die ganze Zeit gedacht hatte. Das war *der* Ole, mit dem Paula sich seit Monaten abmühte!

Ole blieb cool und sagte lässig: »Hey Paula, das ist ja schon ewig her! Ich hab gestern erst versucht, dich anzurufen.«

»Äh, ja, hab ich gesehen, ich hatte leider zu tun. Du offensichtlich auch.«

Ole ignorierte den vorwurfsvollen Unterton und verabschiedete sich schnell: »Gut, ihr beiden, ich muss los, ich bin gleich zum Frühstücken verabredet. Wir sehen uns!« Und schon war er weg, ohne dass die Mädels wussten, welche von beiden nun eigentlich gemeint war.

Tine traute sich nicht, Paula in die Augen zu sehen, und so entstand eine unangenehme Stille. Paula unterbrach das Schweigen als Erste: »Das ist ja mal ein Morgen! Ich war gestern ganz früh im Bett und hab mich entspannt und dachte, ich komm dich für den ersten Kaffee besuchen. Dass ich Ole hier wiedersehe, hätte ich jetzt natürlich nicht erwartet.«

»Oh Mann, Paula, es tut mir so leid, ich hatte ja keine Ahnung.«

»Hey, ist doch alles in Ordnung. Er ist Single, ich bin Single, jeder kann machen, was er will. Aber wie sieht das eigentlich bei dir aus?«

»Keine Ahnung. Aber ich finde, Kaffee wär 'ne echt gute Idee.«

Auch Tine hatte Paulas vorwurfsvollen Unterton ignoriert, obwohl sie ihn sehr deutlich wahrgenommen hatte. Sie ließ Paula am Tresen stehen, warf Münzen in den Kaffeeautomaten und kam kurze Zeit später mit zwei Plastikbechern zurück.

Schnell begannen die beiden, über belanglose Themen zu sprechen und alles auszusparen, das Sex oder Beziehungen beinhaltete. Tine beklagte sich darüber, dass sie heute für 14 Stunden an den Laden gefesselt sein würde, und Paula lästerte über Promotorenkollegen und die sexistischen Ideen, die so einige Firmen für ihre Promotioneinsätze hatten: »Stell dir vor, die wollen 'ne Gruppe von dreißig halbnackten Samba-Tänzerinnen ohne Genehmigung durch die Innenstadt laufen lassen und all die Chefs dachten, das wär 'ne richtig gute Idee. Was für ein Scheiß!«

»Unglaublich. Diese Marketingleute scheinen echt zu glauben, dass ihre Kunden alle notgeil wären.«

Notgeil, das war ein Wort, durch das die Unterhaltung ins Stocken geriet. Paula entschied sich für einen spontanen Abschied: »Ich geh dann mal los. Ich will ein bisschen Ordnung schaffen, bevor die Woche anfängt und ich wieder zu nichts komme. Vielleicht geh ich auch noch zum Yoga.«

»Alles klar, ich bin hier. Noch mindestens zwölf Stunden lang ...«

Paula küsste Tine mit der größtmöglichen Distanz schnell rechts und links auf die Wange und ging nach draußen, wo der Tag immer noch nicht richtig angebrochen war. Sie spazierte durch die unbelebten Straßen und dachte nach. Über sich, über Ole und über die Männer, die ihr bisher begegnet waren.

Irgendwas fühlte sich da ganz falsch an. Aber was war das mit Ole und Tine? Lief das schon länger? Was war da abgegangen? Paula ärgerte sich jetzt darüber, dass sie es nicht übers Herz gebracht hatte, Tine nach Details zu fragen. Was sollte das überhaupt? Tine hatte doch einen Freund! Aber der eine schien ihr ja nicht zu reichen. Da musste sie sich ja auch noch ihren Ole holen. Blöde Schlampe! Nein, nein, nein! Das konnte doch wirklich nicht wahr sein!

Ihr kleiner Spaziergang beruhigte Paula überhaupt nicht. Ganz im Gegenteil, sie regte sich nur immer mehr auf, über Tine, Ole und das Pech, das sie mit ihrer Männerwahl immer wieder zu haben schien. Sie war doch wohl kein Monster! Warum wollten die Kerle immer mit anderen Frauen zusammen sein?

Sie ärgerte sich und schämte sich gleichzeitig dafür. Doch sie geriet total in Rage, konnte sich gar nicht dagegen wehren. Die Wut hatte sie fest im Griff. War sie selbst schuld? Hatte sie das heraufbeschworen? Weil sie die ganze Zeit gesagt hatte, dass sie sowieso nichts Festes wollte? Stimmte ja auch irgendwie, aber dass dieser Scheißtyp gleich mit einer ihrer Freundinnen vögelte! Da war Leas Plan ja mal richtig super aufgegangen.

Vielleicht wäre ja alles ganz anders verlaufen, wenn sie gestern ans Telefon gegangen wäre. Scheiße! Vielleicht hätten sie Wahnsinnssex gehabt. Er hätte ihr gestanden, dass er sich in sie verliebt hätte, und sie wären heute kuschelnd zusammen aufgewacht. Wären den ganzen Tag über im Bett geblieben und hätten sich vergnügt. Irgendwann fettige Pizza bestellt und von Kaffee zu Saft zu Cola mit Rum gewechselt. Was für 'ne blöde Entscheidung! Wahrscheinlich hatte er sie gestern echt gebraucht und sich dann von ihr zurückgestoßen gefühlt. So sehr, dass er sich an ihr rächen wollte und irgendeine Schlampe gefickt hat. So musste es gewesen sein! Es hatte ihm gar nichts bedeutet! Kann ihm nichts bedeutet haben! Oder hat es ihm etwas bedeutet? Würden Ole und Tine jetzt ein Paar werden?

Paula stapfte weiter durch das Schanzenviertel, unschlüssig, was sie als Nächstes tun sollte. Sie wollte auf keinen Fall, dass Ole ihr diesen Tag versaute, Tine erst recht nicht. Sie wollte sofort herausfinden, was nun eigentlich passiert war. Sie zog ihr Handy aus der Tasche und drückte lange auf die Sieben, ihre Lieblingszahl und gleichzeitig die Kurzwahltaste zu Oles Handy. Ihr Herz schlug wie wild. Sie wusste nicht, ob sie ihn gleich anschreien oder vollheulen wollte oder ob sie ganz sachlich bleiben würde. Aber in jedem Fall wollte sie aus seinem Mund hören, was passiert war und wie er nun eigentlich zu ihr stand.

Und während sie darüber nachdachte und tief durchatmete, um nicht vor Aufregung in Ohnmacht zu fallen, vergingen die Sekunden, bis das Klingeln zu einem Besetztzeichen wurde. Dies hörte sie sich wiederum für einige Zeit an, in der zwei kleine Tränen sich in ihren Augen bildeten und schließlich über ihre Wangen kullerten. Er ging also nicht einmal ans Telefon!

Paula wollte nicht glauben, dass Ole sie absichtlich ignorierte, also probierte sie es noch einmal. Je länger es klingelte, desto mehr Tränen liefen über Paulas Gesicht. Sie heulte noch heftiger, als sie sich darüber ärgerte, dass sie sich mit ihrem Gefühlsausbruch total lächerlich machte. Leute würden sie sehen und vielleicht sogar wissen, dass Ole der Grund war. Das konnte, durfte einfach nicht wahr sein!

Sie wollte jetzt unbedingt wissen, was mit Ole los war, und drückte ein weiteres Mal die Sieben auf ihrem kleinen Telefon. Diesmal klingelte es nicht. »Der Teilnehmer ist momentan nicht erreichbar, wird aber über Ihren Anruf informiert«, flötete eine Frauenstimme, zuerst auf Deutsch, dann auf Englisch.

Paula hörte sich die Schleife mehrmals an und versuchte sich währenddessen gegen die Gewissheit zu wehren, dass er nicht zufällig ihren Anruf überhört, sondern ganz bewusst sein verdammtes Telefon ausgeschaltet hatte, damit sie ihm nicht auf die Nerven ging. Was für ein Arschloch. Sie konnte es nicht fassen.

Nun kam ihr eine rettende Idee. Sie drückte Tamaras Kurzwahltaste. Tamara würde sie ablenken können; sie hatte bestimmt genügend Prosecco in ihrem Kühlschrank. Nach zweimal Klingeln nahm sie ab. »Hey Süße, ich bin noch im Bett, aber der Typ von gestern ist irgendwie nicht mehr da«, gähnte sie. Paula schmunzelte und vergaß für einen Moment, dass sie eigentlich total sauer war. »Na, dann ist ja jetzt Platz für mich. Haste Lust auf Gesellschaft?«

»Klar, komm vorbei. Kannst du Croissants mitbringen?«

»Na sicher. Sonst noch irgendwas?«

»Nö, Prosecco steht ja im Kühlschrank.« Auf Tamara war also Verlass.

»Hey, lieber Schokocroissants, ist ja Sonntag.«

»Wird gemacht!« Paula freute sich auf intensives Frustfressen und holte neben den Schokocroissants noch vier Kuchenstücke, zwei Rosinenbrötchen und eine Müslistange fürs gute Gewissen. Tamara würde in ihrer stylischen Küche einen leckeren Milchkaffee zaubern und mit ihren Party- und Sexgeschichten jede Grübelei verhindern. Diesen Tag würde ihr keiner versauen!

Kapitel 4

Denn erstens kommt es anders ...

Eine Woche lang stürzte Lea sich voll in ihre alten und neuen Aufgaben. Auch, um sich davon abzulenken, dass sie sich Kevin gegenüber schrecklich schuldig fühlte. Es war für sie deutlich zu sehen, wie schlecht es ihm ging. Wie intensiv er einsam und still vor sich hin litt, sie sorgenvoll ansah, aber nie ein Wort darüber verlor.

Zwischendurch kam er immer mal wieder auf Lea zu, umarmte sie zu stürmisch und zog sich wie ein getretener Welpe zurück, wenn sie »autsch« sagte. Es war, als würde er sich eine Ablehnung abholen wollen, um dann einen Grund zum Schmollen zu haben.

Lea wollte gerne netter zu ihm sein, ihm ein besseres Gefühl geben, doch sie konnte ihre beobachtende Distanz einfach nicht überbrücken. Sie spürte, wie ängstlich er war, und konnte sich vorstellen, welche Sorgen er sich machte: dass sie ihn betrügen und verlassen würde, wie alle seine Exfreundinnen. Sie fühlte seine versteckten argwöhnischen Blicke, während er sich in irgendwelche sinnlosen Tätigkeiten stürzte, um sich abzulenken. Warum nur konnte er nie über seine Gefühle sprechen? Sagen, was ihn bewegte? Sie danach fragen, was mit ihr los war?

Andererseits war sie froh, dass er nicht nachhakte. Schließlich war sie ja auch nicht mehr ehrlich ihm gegenüber und hatte ihm ein großes Geheimnis vorenthalten. Was würde sie machen, wenn er sich endlich öffnen würde? Auch auspacken? Über ihre Zweifel sprechen? Ihn mit der Wahrheit verletzen und sich alles mit ihm verbauen?

Sie war sich darüber im Klaren, dass er niemals über einen Seitensprung hinwegkommen könnte. Er würde sich verschließen, heulen und toben und sie komplett aus seinem Leben ausschließen. Sich so sehr und so lange mit Alkohol und Gras zudröhnen, dass er nichts mehr spürte.

Je mehr Lea über den Schmerz nachdachte, den Kevin empfinden würde, wenn er alles wüsste, desto mieser fühlte sie sich. Und desto mehr stieg der Druck, Klarschiff zu machen und sich zu entscheiden. Die Sache mit Dave ein für alle Mal zu regeln.

Eigentlich wollte sie es ja mit Kevin hinkriegen. Sein Schmerz machte ihn zu einem viel vertrauenerweckenderen Partner als Dave, der sich noch nicht einmal dazu durchringen konnte, das mit Lea klar zu Ende zu führen oder auch nur wirklich anzufangen. Aber Lea sah ein, dass sie selbst auch nicht besser war, und begann, sich für eine komplette Versagerin zu halten.

Sie drehte sich im Kreis und wusste nicht, wie sie der Situation entkommen sollte. Sie kriegte es einfach nicht hin, sich richtig auf einen Mann festzulegen und dann alles dafür einzusetzen. Zu viel Angst vor den Konsequenzen. Zu viel Angst davor, dass ihre Pläne schiefgingen. Noch mehr Angst davor, dass ihre Pläne aufgehen könnten. Also setzte sie sich mit ihren Studienunterlagen aufs Wohnzimmersofa und brachte wahllos einen gelben und einen grünen Neonmarker zum Einsatz, um konzentriert und beschäftigt auszusehen.

Kevin saß währenddessen an seinem Rechner und bastelte an Illustrationen. Er entwarf Flyer für Freunde, tüftelte an Schriftzügen und an Vorlagen für Tätowierungen. Alles nur so oder für Bekannte, die dringend ein Motiv brauchten. Wie die Gruppe von Rappern, mit denen Kevin oft zusammen kiffte und die sich immer besondere Mühe gaben, richtig böse und düster auszusehen, obwohl sie im wahren Leben nette und eher einfach gestrickte Jungs waren. Auf der Bühne mimten sie allerdings Gangster und erzählten von der gemeinen Polizei. Sie ließen sich ihr von Kevin entworfenes Bandlogo tätowieren, weil es sonst keine Gang gab, der sie angehörten.

Lea verstand nicht wirklich, warum Kevin Zeit mit diesen Jungs und deren Illustrationsbedürfnissen verbrachte. Schließlich endete jedes Treffen in sinnlosen Diskussionen. Sie hatte nicht ein einziges Mal erlebt, dass Kevin danach fröhlich oder entspannter war. Sondern er war eher noch niedergeschlagener. So hörte sie ihn auch jetzt immer wieder fluchen und fasste den Entschluss, ihn mit seiner schlechten Laune allein zu lassen und nach draußen zu gehen.

Während sie sich anzog und ihre Sachen zusammenpackte, piepte ihr Handy. Eine Textnachricht. Sie klappte ihr Telefon auf und erschrak: Die Nachricht war von Dave! Sie wurde bleich im Gesicht und flüchtete sofort ins Badezimmer, um dort in Ruhe die Nachricht zu lesen. Sie setzte sich auf den Rand der Badewanne, atmete tief durch, drückte auf die Taste und las: »Hallo Lea, ich hab mich voll darüber gefreut, dass du neulich beim Slam warst!!! Sahst gut aus! Lass uns doch irgendwann mal was unternehmen. Love, D.«

Lea war aufgeregt, erfreut und dann aber auch gleich wieder ernüchtert. Wie meinte er das jetzt eigentlich? Er freute sich plötzlich? Interessant. Aber was sollte »irgendwann mal was unternehmen« bedeuten? Weniger konkret ging es ja wohl nicht! Heute, diese Woche, nächstes Jahr? Was sollte sie damit anfangen? Auf jeden Fall hatte er jetzt freiwillig einen kleinen Schritt in ihre Richtung gemacht. Er wollte sie sehen! Ihr Herz schlug heftig, denn nun schien ein Treffen in erreichbarer Nähe.

»Love.« Hatte das etwas zu bedeuten? Ob alle diese Schlussformel erhielten? Oder war das ein erstes zartes Anzeichen dafür, dass er sich ihr doch verbunden fühlte? Warum machte er es sich selbst und ihr nur so schwer? Lea war so unruhig, dass sie dringend die Wohnung verlassen musste. In diesem Zustand wollte sie Kevin keinesfalls unter die Augen treten.

Sie stellte sich das große Beziehungsendgespräch vor und dann, wie sie zusammen mit Dave durch die Schanze gehen würde. Hand in Hand und irgendwann mit einem dicken Bauch. Sie würden die Finger nicht voneinander lassen können, würden sich voller Liebe anlächeln und sich permanent beim Sex in die Augen blicken.

Lea schminkte sich hektisch vor dem Badezimmerspiegel, zupfte ihre Haare zurecht und schlüpfte in eine Jacke. Sie warf sich ihre Tasche über die Schulter und winkte Kevin vom Flur aus zu, der gleich seine Lippen schürzte und auf einem Abschiedskuss bestand. Lea ging auf ihn zu, beugte sich über den Tisch mit Plattenspielern und DJ-Utensilien und verpasste ihm schnell einen trockenen Schmatzer, der laut knallte. »Ich muss los. Bis später.«

Und schon war sie draußen, rannte die Treppen des Mehrfamilienhauses hinunter und atmete tief durch. Und das Kopfkino begann: Sie würde Dave bestimmt jetzt gleich wie zufällig in der Schanze begegnen, davon war sie überzeugt. Die beiden würden sich sehen, aufeinander zulaufen und er würde ihr endlich sagen, dass er keine andere Frau mehr sehen, lieben und verehren würde und auf der Stelle mit ihr loslegen möchte. Am liebsten würde er sofort mit ihr abhauen, in die Karibik. Dann würden er und sie sich in die Arme fallen. Er würde sie hochheben und im Kreis drehen. Nach ein paar

Runden würde er stehen bleiben, ihr Gesicht in beiden Händen halten und sie küssen. Mit seinen wundervollen Lippen.

Lea klemmte ihr Handy hinters Ohr und rief Tine an. Mit irgendjemandem brauchte sie jetzt dringend eine Verabredung in der Schanze, aus der sie sich dann spontan entreißen würde, wenn Dave auftauchte. Eine echte Freundin würde ihr so etwas auch nicht übel nehmen. Die würde sich über das Glück der beiden freuen, da war Lea sich ganz sicher.

»Was gibt's, Chica!«, sagte Tine zur Begrüßung.

»Ich bin auf dem Weg in die Schanze und brauch unbedingt Gesellschaft. Hast du Zeit?«

»Klaro. Ich wollte sowieso noch zum Flohmarkt. Wenn du nichts dagegen hast, da mal vorbeizuschauen, dann könnten wir ja auch vorher 'nen Kaffee trinken. Oder wir gehen später ins Karoviertel.«

»Super. Treffen wir uns am Sonnenpunkt?«

»Gern. Ich kann in zehn Minuten da sein. Oder ist es nicht so eilig?«

»Doch, total. Ich hab gerade 'ne SMS gekriegt. Dave schreibt, dass er sich mit mir treffen will.«

»Na, wird ja auch mal Zeit. Und, wann seht ihr euch?«

»Keine Ahnung. Der Herr wollte sich wohl nicht festlegen. Er macht das lieber spontan. Arschloch.«

»Ach Mensch, es könnte ja auch mal einfach sein!«

»Hey, lass uns gleich reden, wenn wir uns sehen. Du musst mir ja auch ganz dringend noch was erzählen, hab ich gehört …«

Tine schmunzelte. »Sehr wohl. Kriegst jedes Detail heiß und fettig serviert.«

»Cool. Heiß und fettig war's bei mir ja schon lange nicht mehr.«

»Bis vor Kurzem hätte ich das auch gesagt, aber die Zeiten können sich ja glücklicherweise schnell wieder ändern.«

»Okay, okay, das brauch ich alles ausführlich! Bis gleich!«

*

So hetzten Lea und Tine aus verschiedenen Richtungen zur Feldstraße und fielen sich dort vor dem Sonnenpunkt innig in die Arme. Sie hakten sich beieinander ein und schlenderten über den Flohmarkt, der jedes Wochenende rund um das alte Schlachthofgebäude auf Kopfsteinpflaster stattfand.

Tine wollte sich dort weiter nach inspirierenden Büchern umsehen sowie nach lustigen bunten Dingen zum Verkleiden.

Seit dem Erlebnis mit Ole fühlte sie sich wie verwandelt und voller Energie. Das wollte sie auch zelebrieren, indem sie sich ein paar neue Dinge anschaffte und sich damit amüsierte. Sie legte bunte Federboas über ihre Schultern, setzte sich alte Hüte auf den Kopf und hielt sich Röcke vor den Körper. Sie stellte sich Ausschnitte aus dem Leben der Vorbesitzer vor und bekam einmal mehr unbändige Lust, sich im Schauspiel zu versuchen.

»Hey, also, wenn meine Glaubwürdigkeit bei Max irgendwas zu sagen hat, scheint das bei mir mit dem Schauspiel schon Oscar-reif zu sein.«

»Ach ja? Was denkt der arme Junge denn, was bei euch abgeht?«

»Na ja, er denkt eigentlich nur, dass ich beschäftigt bin. Der freut sich noch immer über die Sache im Park und denkt, er wär ein Held. Dabei hat er gar nichts gemacht.« Tine konnte sich ein hämisches Kichern nicht verkneifen.

»Wie war das denn nun alles?«

»Er hat sich für seine Entjungferung revanchiert.« Tine kicherte schon wieder.

»Wie das denn?«

»Ich hatte zum ersten Mal Poposex.«

»Aha. Und Max wahrscheinlich auch, oder? Und? Wie fandest du's?«

»Na ja, ich bin mir da noch nicht so sicher.«

»Was soll das denn heißen?«

»Ich glaub eigentlich, dass es fürs Erste bei dem einen Versuch bleiben wird.«

»War's denn schlimm?«

»Ach, währenddessen gar nicht. Aber danach.«

»Kein Gummi?«, fragte Lea, der sofort klar war, worauf Tines Kommentar abzielte.

»Nö, das war ja spontan, unterwegs. Ich weiß nicht, ob das normal ist, aber ich hatte danach die ganze Zeit Blähungen und dann kam immer was von seinem Sperma raus. Total ekelhaft. Ich war in der Toilette vom Haus 48, um mich zu säubern. Da gab's ganze zwei Blatt Toilettenpapier, das war echt ein Drama.«

Tine und Lea lachten lauthals über die Situation und darüber, dass sich Tine an dem Abend die wahrscheinlich schlimmste Toilette des Viertels ausgesucht hatte.

»Da stinkt es doch sowieso immer, die Klos sind dreckig und die Türen lassen sich nicht richtig absperren.«

»Ja, ist ja nicht so, als hätte ich das alles nicht auch schon vorher gewusst. Aber ich musste ja wahllos zum nächsten Klo rennen, weil ich dachte, dass mir die Brühe aus dem Hintern läuft.«

»Na, das war ja dann eine fulminante Einweihung.«

»Ja, und ich glaube, das Revival kann ich mir echt sparen. Zumindest hab ich's jetzt mal ausprobiert. Das ist ja auch schon was.«

»Das ist eine der wenigen Praktiken, bei denen ein kleiner Schwanz von Vorteil ist. Ich erzähl Kevin immer, dass es nicht so häufig geht, weil er so 'nen Riesenprügel hat. Dann schwillt ihm gleich voll Stolz der Kamm und er fühlt sich nicht zurückgewiesen. Trotzdem ist es ganz schön nervig, dass plötzlich alle immer in den Arsch wollen. Die sehen zu viele schlechte Pornos!«

»Ja, da sagste was! Ich wollte neulich einen Film brennen, den Max für mich runtergeladen hatte. Leider hab ich nicht in seinem Download-, sondern in seinem Video-Ordner danach gesucht und mir ist echt fast schlecht geworden.«

»Schlimmes Zeug?«

»Also, was mich am meisten irritiert hat, war die Ordnung, die da drin war. Er ist ja sonst total chaotisch, aber da war alles fein säuberlich sortiert. Über 1000 Dateien, kannst du dir das vorstellen? Wer hat denn so viel Zeit?«

»Ich frag mich eher, wer so wenig eigene Fantasie hat. Und wie waren die sortiert? Dreier, Blowjobs und Standardnummern?«

»Nee, das hätte ich ja noch nachvollziehen können. Alles war im Ordner »Spezial« und dann gab es »A«, »B« und einige Unterordner. Es gab einen Ordner, der »Ha Ha« hieß, in dem Frauen bepinkelt und vollgespritzt werden.«

»Wie schön, wenn das die geheimen Fantasien der Männer sind. Ich piss meine Freundin voll, wie toll!«

»Ja, aber wenn ich dir erzähle, was hinter A und B steckt, findest du's gleich noch lustiger.«

»Na, jetzt bin ich aber gespannt.«

»A gleich Asian, B gleich Black. Plus Unterordner.« Nun entstand eine Gesprächspause, bis Lea sich wieder gefasst hatte.

»Also, es wird mir schwerfallen, deinem Max beim nächsten Mal die Hand zu geben. Dass Pornos im Allgemeinen ziemlich rassistisch sind, wusste ich ja, aber dass jemand seine Sammlung so anlegt, verwundert mich jetzt doch. Was geht denn nur in den Leuten vor?«

»Keine Angst, ich werd die Tage mit ihm Schluss machen, du musst ihn also nie mehr anfassen. Ich versteh allerdings nicht, was er von mir will, wenn er offensichtlich so ganz andere Vorlieben hat.«

»Na, so war das auch bei all den weißen Typen, die bisher der Meinung waren, sie würden mich gern mal austesten, vielleicht um zu sehen, ob wir genauso sind wie die Mädels aus dem Film. Zum Vorführen bei den Kumpels geht das ganz gut. Aber für die große Öffentlichkeit hätten sie doch lieber ihre dürre Blondine. Diese Fetisch-Idioten. Diana nennt die ›Cappuccino-Ficker‹. Von denen hab ich echt zu viele kennengelernt!«

»Tut mir echt leid, dass dir so was immer wieder passiert. Ich hab jetzt erst geschnallt, wie sehr dich diese Sachen verletzen.«

»Sorry, aber Mitleid hilft da nicht. Und schlimmer ist für mich außerdem, dass ich befürchte, mit so 'nem Typen zusammen zu sein. Der hat ja auch keine Lust, sich mit dem Thema Rassismus auseinanderzusetzen.«

»Die machen sich das immer ganz schön einfach, ne?«

»Ja, das ist ja eines der Privilegien, wenn man zur Mehrheit gehört. Da kann man sich immer ganz bequem aussuchen, ob man sich mit so einem unbequemen Thema befassen will oder es einfach bleiben lässt. Aber, noch mal zu Max: Hast du nicht erzählt, dass er total gehemmt war?«

»Klar, ist er ja immer noch. Da hat sich in der ganzen Zeit nicht viel geändert.«

»Der überlässt die Aktivitäten also lieber den Darstellern und bleibt selbst ganz christlich und rein.« Lea fing wieder an zu kichern und konnte nicht damit aufhören. Dann sagte sie: »Kann schon sein, dass das so ein religiöses Ding ist. Max und seine Schwestern wurden jedenfalls immer gezwungen, in die Kirche zu gehen; insofern kann da schon ein kleiner Schaden geblieben sein.«

»Kleiner Schaden ist gut. Was für ein Freak!«

»Mir fehlt da gerade die Vergleichsgröße. Das war die erste Pornosammlung, auf die ich gestoßen bin.«

»Ja, ich hab bisher auch höchstens ein paar Hefte gefunden. Was ich mich aber immer frage, ist, ob die Typen die Storys in den Filmchen tatsächlich glauben. Da kommt ein ätzend aussehender, am besten noch alter Typ in 'nen Raum und ein junges Mädchen lässt sich widerstandslos von ihm rumkommandieren, zeigt ihren Arsch, verpasst seinem Runzelpimmel 'nen Blowjob, setzt sich auf ihn, lässt sich in den Arsch ficken. Und dann kommt der zweite Typ dazu, der seinen Loserpimmel auch mal mit ins Spiel bringen will ...«

Lea genoss es, dass Passanten Bruchteile ihrer Unterhaltung mitbekamen und sich pikiert nach den beiden umsahen. Sie amüsierte sich darüber, dass Tine die kritischen Blicke gar nicht bemerkte und munter weiterplapperte.

»... und das genießt sie so sehr, dass sie ihre Brüste vor Geilheit knetet und ganz, ganz, ganz laut schreien muss, ohne dass er sich ein Fitzelchen anstrengt. Wobei ich neulich 'ne Szene erlebt hab, die ganz gut in so 'nen Film passen würde.«

»Ich lach mich tot! Von allen möglichen und unmöglichen Typen, die man in Hamburg abschleppen kann, suchst du dir Paulas Ole aus.«

»Ich fand es so witzig, dass ich nicht mal seinen Namen wusste. Ich hatte echt absolut keine Ahnung. Sie hatte ja auch nicht erzählt, wie der Typ aussieht. Du hättest Paulas Gesicht sehen sollen! Hätte ich nicht gewusst, wie sehr sie auf ihn stand, hätte ich lauthals losgelacht.«

»Also, ich hab lauthals losgelacht, als mir Paula davon erzählte. Zumindest nach dem Gespräch.«

»War sie sehr mitgenommen?«

»Es geht so. Ist ja nicht das erste Mal, dass er was mit ’ner anderen hatte, seit die beiden sich treffen. Aber dass es nun eine ihrer Freundinnen war, ist für sie natürlich nicht ganz so easy zu verkraften.«

»Okay, in Zukunft werden alle neuen Männer innerhalb von einer Woche einander vorgestellt. Oder zumindest aus der Ferne gezeigt.«

»Gute Idee, das machen wir so. Vielleicht reicht es, wenn wir den Link zum XING- oder Facebookprofil rumschicken. Aber bei mir könnte es da jetzt häufiger mal ’ne Rundmail geben.«

»Blut geleckt?«

»Auf jeden Fall. Ich hab bei dieser Nummer erst gemerkt, wie sehr ich mich eingeschränkt hatte. Immer nur ein Typ, der dann noch nicht mal toll ist. Was soll das denn? Sex kann echt geil sein! Das hatte ich offensichtlich total verdrängt.«

»Was für ’ne Erkenntnis! Ach, ich habe echt keine Lust mehr auf diese blöden Einmalnummern, nach denen das nächste Treffen immer total unangenehm ist, egal, wie entspannt und abgeklärt vorher alles war. Und ich hab mich auch danach noch kein einziges Mal wirklich gut gefühlt.«

»Also, mich hat das jetzt auf jeden Fall total befreit. Vielleicht bin ich einfach nicht der Typ für was Festes. Wenn ich mir vorstelle, dass ich mit Max Ernst gemacht hätte – was für ein Drama wäre das geworden! Ich bin so froh, dass ich mich relativ easy von ihm trennen kann, ohne dass es da viel zu organisieren gäbe.«

»Na ja, du musst ihm zumindest all seine Teddybären zurückgeben.«

»Ja, endlich!«

*

Paula war eine Woche nach ihrer zufälligen Begegnung mit Ole und Tine noch immer wie paralysiert. Sie fühlte sich wie ein Zombie, der alle Aufgaben erledigte, aber sonst keine Empfindungen hatte. Die letzte Arbeitswoche hatte sie gerade so überstanden und kam nun endlich dazu, mit sich allein in ihrer Wohnung zu sein und über die ganze Sache nachzudenken.

Sie wollte unbedingt wieder ein entspanntes Verhältnis zu Tine und Lea haben. Ihr war klar, dass sie dafür mit dem Ereignis umgehen und es verarbeiten musste. Zur Entspannung holte sie ihren Minivibrator aus dem Kleiderschrank und machte es sich auf ihrem Sofa gemütlich. So konnte sie sich schließlich einmal mehr davon überzeugen, dass sie Männer gar nicht brauchte.

Sie griff also mit ihrer linken Hand in ihre Hose und legte sie wie gewöhnlich an ihrem Venushügel ab, wo sie mit Mittel- und Zeigefinger ein »V« bildete. Nun schaltete sie ihren kleinen Lieblingsvibrator ein und freute sich sofort über das gleichmäßige Summen. Schon von dem Geräusch fühlte sie sich augenblicklich besser. Sie schob ihre Jeans ein kleines Stück nach unten, fuhr mit ihrem Spielzeug über ihre Vagina und ließ es über ihrem Slip hin und her gleiten. Diese Bewegung führte sie immer schneller aus und begann, ihren Scheideneingang etwas intensiver zu bearbeiten und den Vibrator nur ein kurzes Stück weit einzuführen. Als sie kam, musste sie den Vibrator schnell entfernen, weil ihr Kitzler dann sehr empfindlich wurde. Doch es brauchte nur wenige Sekunden, bis sie für die nächste Runde bereit war und von Neuem begann.

Ihr Slip war komplett durchfeuchtet, als Paulas Körper satt war. Sie umarmte sich selbst und hatte die Erkenntnis, dass Liebe einfach alles heilen könnte. Also natürlich auch ihre Beziehung zu Ole. Sie würde ihm einfach vergeben. Sie würde ihm verzeihen und endlich dazu stehen, dass sie sich mehr von ihm wünschte als diese sporadischen Nummern. Sie wollte kuscheln, gemeinsam Eis essen und als Paar mit ihm unterwegs sein.

Wahrscheinlich war er immer so distanziert geblieben, weil sie ihm das Gefühl gegeben hatte, kein ernsthaftes Interesse an ihm zu haben. Sie musste ja immer die total unabhängige Frau spielen, die nichts und niemanden brauchte.

Vielleicht wünschte er sich nichts sehnlicher, als dass sie ihm sagte, dass sie sich in ihn verliebt hatte und mit ihm zusammen sein wollte. Vielleicht würde er sich dann auch trauen, zu seinen Gefühlen zu stehen. Was gab es schon zu verlieren? Vielleicht würde sie ihm sogar eines Tages zeigen, wie man einen Vibrator einsetzen musste. So würde er bestimmt der erste Mann in ihrem Leben werden, der ihr mehr als drei Orgasmen nacheinander bescheren konnte.

Paulas Plan wurde nach und nach ausgereifter. Sie würde Ole zu sich nach Hause einladen und ihn nach allen Regeln der Kunst verführen. Langsam und genussvoll. Sie würde für ihn kochen; mit Zutaten, die seine Emotionen verstärken und seine Libido erhöhen würden. Am Ende würde er sich nicht mehr gegen seine eigenen Gefühle wehren können.

Während sie sich all die schönen Momente mit Ole vorstellte, legte sie wieder bei sich selbst Hand an, diesmal ohne Spielzeug. Sie fuhr energisch mit ihrer Hand über ihre Muschi und stellte sich vor, dass es Oles wäre. Sie klopfte leicht mit der flachen Hand gegen ihren Intimbereich, wie Ole es immer wieder gemacht hatte. Auch wenn ihr das damals bei ihm gar nicht gefallen hatte, war sie durch die ganze Vorarbeit nun in der Lage, ein weiteres Mal zu kommen, und rief dabei: »Oh Ole!«

*

Lea war total frustriert. Sie hatte Dave nicht getroffen, nichts weiter von ihm gehört und viel zu viel Geld ausgegeben. Und sie war dadurch kein bisschen schlauer als zuvor. Warum hatten sie unbedingt zu diesem blöden Flohmarkt gehen müssen? Ein Stand nach dem anderen mit altem Kram, der lieblos aussortiert worden war.

Hier waren mittlerweile immer weniger private Verkäufer mit ihren Waren, die noch eine Bedeutung hatten. Mit alten Platten und CDs, mit Büchern, zu denen sie was erzählen konnten. Und die sich krebsartig ausbreitenden Profihändler hatten überall den gleichen wertlosen Kram: Fakeparfums, billige Handtaschen und Sonnenbrillen, sogar medizinische Geräte, wie Frauenarztwerkzeuge, für den Privatgebrauch.

Lea hatte einmal mehr ein schlechtes Gewissen, diesmal Tine gegenüber. Sie glaubte, Tine den Zauber genommen zu haben, den sie sonst an diesem Ort verspürt hatte. Und es tat ihr leid. Tine hatte sich gewünscht, dass Lea sich amüsierte, doch Lea hatte sich nur über die Duftflakons ausgelassen, die nach dem Original aussahen, deren Inhalt aber absolut nicht nach Original roch. Und selbst wenn der Geruch gefiel, hielt er nur für wenige Stunden an, auch wenn »Eau de Parfum« auf der Packung stand. Welcher Horst würde schließlich zurückkommen zu dem Händler, der ihm eine 150-ml-Packung verkauft hat, und sich beschweren, weil er für 8 Euro keine Qualitätsware erhalten hat?

Lea hatte leere Duracellbatterien für 99 Cent und hundert Räucherstäbchen für drei Euro gekauft, wobei sich im Endeffekt 81 in der Packung befanden. Paula meinte später, Lea sei verrückt, weil sie die Dinger tatsächlich gezählt hatte. Das hatte sie getan, weil sie so enttäuscht war. Von dem, was an diesem Ort, in dieser Ecke ihres Viertels, passierte. Sie wollte herausfinden, ob alles Lug und Betrug war, für das sie dort Geld ausgegeben hatte. Das betraf auch eine andere Angelegenheit. Sie war sich immer noch nicht im Klaren darüber, ob sie einer Schwindlerin auf den Leim gegangen war oder mit einer echten Wahrsagerin gesprochen hatte.

Woher hätte diese Ramira schließlich wissen sollen, dass Lea gerade umgezogen war? Dass sie große Zweifel hatte, was ihre berufliche Zukunft betraf, und dass diese Zweifel ein Grund dafür waren, dass sie in ihrem Leben etwas Bedeutendes hinauszögerte? Und woher könnte sie gewusst haben, dass Lea früher Träume und Visionen hatte, die später in Erfüllung gingen? Und dass diese Träume vor einigen Jahren plötzlich aufgehört hatten?

Die Wahrsagerin, die ihr von Bekannten empfohlen worden war, hatte ihr gesagt, dass sie ihrem Seelenverwandten bereits begegnet war. Dave. Dachte sie. Ramira hatte keinen

Namen genannt. Wollte Lea nicht verraten, ob sie jetzt mit dem Richtigen zusammen war oder ob sie diesem komischen Impuls folgen und sich in die Sache mit Dave stürzen sollte.

Ohne Leas Einwände und Rückfragen zu beachten, beharrte sie darauf, dass das Thema Männer für Lea gerade komplett unwichtig wäre und sie sich nur noch auf sich selbst konzentrieren sollte. Wie das konkret ablaufen sollte, verriet sie nicht.

Doch wo würde das hinführen? Das Einzige, was Lea gerade verwirrte, war doch genau diese Männerfrage. Alles andere nahm seinen Verlauf. Wenn sie nur wüsste, mit wem sie jetzt weitermachen sollte, könnte sie sich endlich richtig darauf einlassen und den Rest zusammen mit ihrem Partner planen. Partner, was für ein Scheißwort!

Sie dachte darüber nach, ob Abhauen vielleicht doch die bessere Alternative war. Sie könnte sich für die AIDA-Crew bewerben und dann einfach für ein paar Jahre durch die Karibik tingeln. Ein Jahr auf einem Schiff, professionell lächelnd und unverbindlich liebenswürdig. Das würde die großen Entscheidungen auf jeden Fall hinausschieben.

Doch sie wollte Dave! Wenn sie nur an ihn dachte, krampfte sich ihre Muschi zusammen, fing ihr Körper an zu beben. Aber sie drehte sich im Kreis. Sie musste einfach wissen, ob das Erlebnis mit ihm einmalig berauschend war oder ob das Leben mit ihm für immer so sein würde. Lea wusste, dass Dave kein Arsch war. Mit Ärschen kannte sie sich schließlich aus; Dave stand nicht auf dieser Liste. Ganz im Gegenteil. Dave war definitiv einer von den Guten. Er war ein ganz besonderer Mann, der wahnsinnig viel Potenzial hatte. Sie war total irritiert. Und dann wusste diese idiotische Wahrsagerin, die ihr mal eben achtzig hart verdiente Euros abgenommen hatte, nichts Besseres zu sagen als »Männer sind nicht dein Problem«.

Nö, waren sie nicht, das Problem waren offensichtlich nur Quacksalberinnen wie Ramira.

*

Einmal mehr bereitete sich Lea mit einem Verdrängungskraftakt darauf vor, auf ihren Freund Kevin zu treffen, während sie die Treppen zu seiner Wohnung hinaufstieg. Sie würde ihre Stimmung auf die Uni schieben, auf die bevorstehenden Prüfungen. Und auf den neuen Job, der sich gar nicht so gut anfühlte, wie sie es erwartet hatte. Doch sie brauchte keine Ausreden, denn Kevin war schwer beschäftigt, als Lea nach Hause kam. Er hatte sich eine neue Spielkonsole gekauft und war eifrig dabei, von einem Level ins nächste aufzusteigen. Also hatte Lea einen Anlass, ihre Wut gegen Kevin zu richten.

»Sag mal, du hast keine Ahnung, wie du in Zukunft dein Leben finanzieren willst, und kaufst dir als Erstes mal was zu spielen. Alles in Ordnung da oben?« Lea tippte sich an die Stirn.

»Ist ja wohl meine Sache. Warum gehst du denn so ab? Hast *du* vielleicht ein Problem da oben?« Nun äffte Kevin Leas Geste nach.

»Weil ich es satt habe, mir für dich den Kopf zu zerbrechen! Und alles, was du zustande kriegst, ist es, voller Selbstmitleid in der Wohnung zu sitzen und dich dann noch mit 'ner Playstation zu belohnen.«

»Hey, die hat nur hundert Euro gekostet, mit fünf Spielen.«

»Na, da hast du ja einen tollen Deal abgeschlossen, herzlichen Glückwunsch. Ich werd jetzt aber keinen Finger mehr für dich krumm machen. Du kannst dich gern selbst um deinen Scheiß kümmern. Du hast ja offensichtlich dein großes Talent gefunden.«

»Sag mal, hast du jetzt 'nen Knall oder was?« Kevin wurde laut. »Ich glaub, *dein* großes Talent ist es, mich blöde von der Seite anzumachen.«

»Keine Angst, ich mach dich einfach überhaupt nicht mehr an. Ich find Loser nämlich nicht besonders sexy, also mach dir darüber keine Sorgen.«

»Ach, verpiss dich doch!« Er warf seine Playstation auf den Sessel und trat den Mülleimer um.

»Gerne! Ich weiß sowieso nicht, was ich in diesem Loch verloren habe.« Lea stürmte aus dem Wohnzimmer und fühlte die Tränen, die sich in ihren Augen ansammelten. Scheiße, das war richtig schiefgegangen. Sie war sauer auf Kevin wie auch auf sich selbst und wurde unglaublich traurig. Verzweifelt. Sie fand es furchtbar, dass sie noch nicht einmal einen eigenen Raum hatte, in den sie sich flüchten konnte. Sie hatte keine Ahnung, wo sie jetzt hingehen sollte. Badewanne? Schlafzimmer? Schon wieder auf die Schanze?

Sie dachte, eine Dusche würde ihr guttun. Also ging sie ins Bad, ließ ihre Klamotten auf den Boden fallen und schaltete ihr Duschradio ein. India.Arie sang »I am not my hair«, während Lea warmes Wasser über ihr Gesicht plätschern ließ. Langsam wurde sie ruhiger. Als sie ihre Augen wieder öffnete, sah sie Kevin auf dem Klodeckel sitzen und sie ansehen.

»Darf ich mit reinkommen?«, fragte er und streckte eine Hand nach ihr aus. Lea ergriff sie mit gesenktem Blick und zog Kevin in die Wanne. Er umarmte Lea und sagte: »Ich liebe dich doch, Baby.«

»Ich dich auch.« Sie hielten sich fest und ließen das Wasser über ihre Körper rinnen. Es war warm, liebevoll und angenehm. Lea fühlte sich aufgehoben und geborgen. Sie wollte Kevin nie wieder loslassen und fing an zu weinen.

»Baby«, sagte er, betrachtete sie besorgt und küsste ihr Gesicht, »nicht weinen. Wir kriegen das schon hin.«

Lea legte ihr Gesicht an Kevins Brust und weinte weiter. Ihr wurde in diesem Moment wieder klar, wie wohl sie sich mit Kevins Körper fühlte, wie sehr sie seine weiche Haut, seinen sportlichen Körper, seinen Geruch mochte. Der Gedanke daran, dass sie bereit gewesen wäre, all das für diesen Arsch wegzuschmeißen, trieb ihr noch mehr Tränen in die Augen. Lea schämte sich dafür, wie sie Kevin behandelt hatte, dessen gutes Herz sie noch mehr schätzte als seine körperlichen Attribute.

Kevin begann, sie zu streicheln und ihren Hintern zu kneten. Lea drückte ihren Körper fest an seinen und spürte gleich, dass sein Schwanz schon hart nach oben stand. Sie wollte Kevin noch näher haben und alles wieder gutmachen. Sie löste sich aus seiner Umarmung und ging in die Knie. Sie nahm seinen Schwanz in beide Hände und leckte über und rund um seine Koppe, bevor sie seinen Schwanz in einer plötzlichen Bewegung, die Kevin aufstöhnen ließ, fest mit ihrem Mund umschloss. Sie massierte ihn mit einer Hand und griff immer mal wieder nach seinen Eiern. Mit ihrer zweiten Hand kontrollierte sie die Bewegungen seiner Hüfte und sorgte dafür, dass er ihren Mund in ihrem Tempo fickte.

Es dauerte nicht lange, bis Kevin kurz vorm Explodieren war, doch Lea pausierte immer mal wieder, denn sie wollte ihm noch näherkommen. Kevin konnte kaum damit aufhören, mit zittriger Stimme »oh, Baby« zu sagen. Lea richtete sich langsam auf und sah erfreut in das Gesicht ihres Freundes. Er sah glücklich aus. Sie beugte sich vornüber, stützte sich am Rand der Badewanne ab und musste nicht lange darauf warten, dass Kevin an sie herantrat und seinen Schwanz in sie einführte. Er packte Lea bei den Hüften und konnte sich nicht lange beherrschen. Er kam schnell und umarmte sie anschließend von hinten. Ihr war das schnelle Ende egal, denn sie wollte ihn nur spüren und genoss, dass sein Schwanz noch immer unkontrolliert zuckte.

Dies war ihr Mann, das spürte sie in diesem Moment ganz deutlich. Sie ließ den Schwanz aus ihrer Muschi gleiten und drehte sich wieder zu Kevin um und begann, sich einzuseifen. Kevin half ihr dabei und schäumte ihren Körper ein. Sie spritzten sich an, lachten und fühlten sich wie frisch verliebt.

Nach dem Duschen cremten sie sich gegenseitig ein und Kevin sagte: »Hey, du musst ja auch noch kommen. Mindestens drei Mal.« Er hob die nackte, eingeölte Lea hoch und trug sie ins Schlafzimmer. Dort ließ er sie auf das Bett fallen und löste sein Versprechen ein. Lea sah dabei in den Spiegel an der Decke, ohne dass ihre Gedanken abschweiften. Das Bild gefiel ihr diesmal außerordentlich gut und sie war sich ganz sicher: Sie liebte diesen Mann.

*

Auch Tine hatte eine neue Einsicht gewonnen, die sie zum Handeln zwang. In ihrer Sinnlichkeit nahm sie unendlich viele Menschen wahr, flirtete mit ihnen und entschied, sich in Zukunft keinen Konventionen mehr zu unterwerfen. Nie wieder. Sie würde einfach nur noch das machen, was sich für sie richtig anfühlte. Sie testete aus, wie die Menschen auf ihr neues, ihr offenes Ich reagierten. So stellte sie fest, dass sie auch mit Frauen flirten konnte.

Und selbst in diesem Punkt erwies sich ihr vormals banaler Job als eine tolle Möglichkeit, sich ganz in Ruhe weiterzuentwickeln und auszutesten. Eine weitere Neuerung hing eng mit der ersten zusammen: Sie wollte wieder ein Single sein. Max eignete sich nämlich nicht für eine offene Beziehung und das Lügen war ihr auf Dauer viel zu anstrengend. Auch wenn sie sich fühlte, als wäre sie schon längst wieder frei, wollte sie die Trennung noch als formalen Akt vollziehen. So ging sie mit einem Plastiksack durch ihre 1-Zimmer-Wohnung und warf singend alles hinein, was sie Max zurückgeben wollte: blöde Kuscheltiere ohne Ende, Übelkeit erregende Diddl-Postkarten und ein verstaubtes Lebkuchenherz mit dem dämlichen Spruch »Du bist mein Stern«.

Tine fühlte sich mit jedem Teil, das sie in dem Müllsack verstaute, freier. Weg mit der zerkauten Zahnbürste, allen Mäusli- und Bärlisachen, weg mit der Lächerlichkeit ihres kitschigen Beziehungslebens! Sie würde wieder eine coole Frau sein! Bald würde sie Leute zu sich nach Hause einladen können, ohne sich für all den herumstehenden Kram schämen zu müssen. Und sie könnte guten Gewissens Männer mitbringen, denn es würde an keiner Stelle ihrer Wohnung so aussehen, als hätte irgendein Kerl oder eine Frau auch nur den geringsten Anspruch bei ihr anzumelden. Das war jetzt nur noch ihr eigenes Reich!

Als Krönung ihrer Zeremonie entzündete Tine gleich mehrere Moschus-Räucherstäbchen, auf die sie nun über ein Jahr lang verzichtet hatte, weil Max der Meinung war, sie würden stinken. Der könnte sie jetzt mal kreuzweise, dachte sie, obwohl er es noch gar nicht wusste. Sie sah auf ihre Uhr und stellte fest, dass seine Schicht bei einem Globetrotterladen in der Innenstadt in gut dreißig Minuten zu Ende sein würde.

Eine gute Gelegenheit, um ihm seinen Sack vor die Füße zu stellen. Also marschierte sie dorthin und platzierte sich vor den Personaleingang des Sporthauses in der Gasse zwischen Mönckeberg- und Spitalerstraße und wartete, während sie eine geschnorrte Zigarette rauchte. Noch ein Ausdruck ihrer neu gewonnenen Freiheit. Und das Erste, was Max bemerkte, als er aus der Tür kam.

»Warum rauchst du denn?« Dass sie eine brennende Zigarette in der Hand hielt, überraschte ihn offensichtlich mehr als die Tatsache, dass Tine unangemeldet vor der Tür stand. Dann sah er die dicke blaue Mülltüte neben Tine und sein Gesichtsausdruck war auf einmal fragend. »Tine? Was ist los?«

Wortlos schob sie den Sack mit ihren Füßen in seine Richtung und hielt ihm die Griffe hin. »Deine Sachen«, mehr brachte sie nicht heraus. Und irgendwie hatte sie auch nicht das Gefühl, dass weitere Erklärungen nötig waren. Sie fühlte sich großartig und hatte keine Lust, sich von Max herunterziehen zu lassen. Sollte er doch im Pornoland glücklich werden. Max öffnete den Müllsack und zog einen seiner Teddybären heraus, den er ihr geschenkt hatte. »Aha, den brauchst du wohl nicht mehr.«

»Nee, den will ich auch nicht mehr. Ich denke, ich hab alle deine Sachen da reingepackt. Wenn noch was fehlen sollte, bring ich's dir die Tage bei der Arbeit vorbei.«

»Du machst jetzt einfach so Schluss? Ohne jedes Gespräch?«

»Sorry, ist so. Macht auch keinen Sinn, jetzt groß darüber zu reden.«

»Aha.«

Sie standen schweigend da und sahen voneinander weg.

»Ich hätte nie gedacht, dass du so drauf bist.«

»Bin ich aber. Und ich geh jetzt los. Bis bald.« Diese Verabschiedung war unbeabsichtigt herausgerutscht. Sie ärgerte sich darüber und dachte über mögliche Alternativen nach, als Max schon entgegnete: »Wie, bis bald? Trinken wir demnächst zusammen Kaffee, wenn du in der Stimmung bist oder was? Wie kannst du mich denn einfach hier so stehen lassen?«

»Ich bin mir sicher, dass es für uns beide so besser ist.«

»Ja, da hast du sicher recht. Ich wollte dir ja schon lange sagen, dass ich was anderes will, aber du willst ja nicht reden.« Tine war hin und her gerissen. Auf der einen Seite wollte sie nichts weiter hören und so schnell wie möglich in ihr neues Single-Leben starten; auf der anderen war sie neugierig, was für Gedanken Max sich gemacht hatte. Falls er nicht nur etwas vortäuschte, um sie zu verunsichern. Tines Neugier siegte: »Also, das ist deine Entscheidung. Wenn du was zu sagen hast, sag's, und dann trennen sich unsere Wege. Wenn nicht, ist das auch kein Problem.«

»Glaubst du wirklich, dass du mich einfach hier so stehen lassen kannst wie 'nen Honk? Kannst du nicht! Ich hab nämlich schon längst eine Frau gefunden, die Respekt vor mir hat.«

…

»Na, dann gratulier ich dir doch herzlich! Wie lang gibt es diese Frau denn schon?« Tine wollte nun ganz genau wissen, was vorgefallen war, während er den übertreuen Boyfriend gemimt hatte.

»'ne Weile. Und jetzt können wir endlich Ernst machen. Danke. Du tust mir gerade einen riesigen Gefallen.«

»Was heißt denn ›'ne Weile‹? Wann hattest du überhaupt Zeit, eine Frau kennenzulernen, während du mich permanent belagert hast?«

»Tja, manchmal ergibt es sich eben einfach. Und wenn du es wissen willst, sie sieht großartig aus und ist im Gegensatz zu dir ein echter Blowjobprofi.«

»Ein Profi, ja? Steht das für Nutte?«

»Sie ist 'ne Sexarbeiterin, kapiert? Aber jetzt kann ich mich ja um sie kümmern und dann macht sie auch 'nen anderen Job.«

»Alles klar, dann wird sie also von dir bezahlt, damit du die Profiblowjobs kriegst? Ein ganz toller Deal. Wahrscheinlich werdet ihr auch noch viel Spaß mit deinen Asia- und Black-Pornos haben; das könnte ein Highlight werden.«

»Du wirst lachen, sie macht selbst Filme. Und wir drehen demnächst auch einen zusammen!«

»Okay, okay, dem ist nicht mehr viel hinzuzufügen. Ich geh jetzt. Tschüß.«

Tine drehte sich um und stolperte kopfschüttelnd in Richtung Hauptbahnhof. Es fiel ihr schwer, die gerade erhaltenen Informationen in ihr Weltbild einzuordnen. Warum hatte sie sich diesen Scheiß überhaupt angehört? Sie hätte einfach gehen sollen, als er den Teddy in der Hand hatte. Ihr kleiner prüder Ex wollte jetzt also Pornos drehen? Mit seiner Freundin, die als Prostituierte arbeitete? Wann hatte sie denn diese Facette von ihm verpasst?

Sie dachte darüber nach, ob er sich in der gemeinsamen Zeit irgendwann verändert hatte. War er sexuell anders geworden? Sie konnte sich an keine Anzeichen erinnern. Er war am Ende genauso gehemmt und zwanghaft wie am Anfang ihrer Bekanntschaft. Er hatte nie geäußert, was er sich in ihrem gemeinsamen Sexleben wünschen würde.

Tine ärgerte sich darüber, dass sie seine Videos damals nicht etwas genauer unter die Lupe genommen hatte. So wusste sie nicht, wann die Dateien heruntergeladen worden waren. Vielleicht hatte das ja mit seiner Neuen angefangen? Vielleicht war sie in einem der Streifen zu sehen? Sie wollte nicht länger darüber nachdenken. Also schnappte sie sich ihr Handy und wählte Leas Nummer.

»Hey, Sweety!«

»Huhu, bist du bei der Arbeit? Ich muss dir ganz dringend ganz schnell was erzählen.«

»Oh Gott, was denn? Ja, ich bin im Raum 3, komm vorbei, es ist nicht viel los.«

»Super, du kannst dir nicht vorstellen, was Max mir gerade erzählt hat, als ich mit ihm Schluss gemacht hab. Der muss total schizophren sein, ey.«

»Okay, erst mal Glückwunsch zur Trennung! Und hinter solchen megaschüchternen Typen steckt ja oft noch was ganz Überraschendes. Willste jetzt sofort erzählen oder erst gleich, wenn wir uns sehen?«

»Also, ich fass schon mal kurz zusammen: Max hat 'ne Neue, die arbeitet wahrscheinlich vor Burger King und er will mit ihr zusammen einen Erwachsenenfilm drehen.«

»Der ist mit 'ner Nutte zusammen und macht mit ihr einen Porno?«

»So hätt ich's ausgedrückt, wenn ich nicht in der S-Bahn wäre.«

»Das ist jetzt aber dein voller Ernst, oder?«

»Schon, also, es ist zumindest das, was er mir gerade erzählt hat. Wer weiß, was da dran ist.«

»Hey, ich muss mal an 'nen Tisch, wir sprechen gleich, okay?«

»Klar, bis sofort. Bin ich froh, dass ich diesen Typ los bin!«

»Ja, kannste sein! Ich muss.«

Kapitel 5

Die Hoffnung stirbt zuletzt

Lea blieb nicht allzu lange allzu sehr von Kevin überzeugt. Er hatte nämlich plötzlich Pläne. Nur hatten die nichts mit ihr oder seiner beruflichen Zukunft zu tun. Ganz im Gegenteil. Nur mit ihm und seinem Vater.

Er wollte mit seinem Vater in den Urlaub fahren, diesmal auf eine Kanutour. Natürlich hatte er wie eh und je nie Zeit oder Geld gehabt, um mit ihr mehr zu unternehmen, als ab und an in der Schanze zu frühstücken. Aber wenn Daddy nachfragte, war plötzlich alles möglich. Zu Kevins Vater hatte Lea ein etwas angespanntes Verhältnis. Sie fand, dass er sich ihr gegenüber feindselig verhielt und immer angespannt war, wenn sie aufeinandertrafen.

Kevin dagegen beteuerte ihr immer wieder, dass sein Vater sie ganz toll finden würde, wenn Lea ihn darauf ansprach. Also versuchte Lea, das Beste daraus zu machen und sich zu entspannen.

Auch dieses Mal hatte er nicht freiwillig von seinen Reiseplänen erzählt, sondern die Monatsübersicht seines Kalenders offen liegen gelassen, wo dick und fett zehn Tage geblockt und mit »Papa Kanu« beschriftet waren. In der Woche, in der ein Soulfestival an der Ostsee stattfand, zu dem er sie unbedingt begleiten sollte. Kevin hatte immer, als sie die Tickets bestellen wollte, darauf beharrt, dass er auch total gern gehen würde, aber dass es noch zu lange hin sei. Wer könne schon wissen, ob dann nicht ein Job anstand oder das Geld zufällig mal wieder richtig knapp sein würde?

Die Antwort blieb immer die gleiche, wenn Lea das Thema ansprach. Schön unverbindlich. Witzig, da gab es tatsächlich Gemeinsamkeiten zwischen Kevin und Dave. Und nun stand es da schwarz auf weiß, »Papa Kanu«. Verbindlichkeit war also möglich, nur nicht ihr gegenüber.

Letztes Jahr hatte sie ihm einen großen, dicken Timer zu Weihnachten geschenkt, weil er wirklich Schwierigkeiten damit hatte, seine Termine und Aufgaben zu koordinieren. Lea hatte ihm eine Widmung mit einem goldenen Lackstift eingetragen und ein paar wichtige Termine. Ihren Geburtstag, den Jahrestag ihres Kennenlernens, die Geburtstage seiner Eltern.

Einige Wochen später hat sie sich das Buch noch mal vorgenommen, wollte einzelne Tage mit ein paar netten Messages bestücken, die ihn überraschen und aufbauen sollten, weil er ja so frustriert war. Und dabei stieß sie schon zu Jahresbeginn auf einen Eintrag im August: »Papa Ibiza.« Was das heißen sollte, wusste sie nicht und er hatte ihr auch nichts darüber erzählt. Würde sein Vater dann auf Ibiza sein? Er mit seinem Vater? Sie alle zusammen? Sie hatte sich nicht allzu viele Gedanken darüber gemacht und auch nicht nachgefragt; schließlich wollte sie nicht den Eindruck erwecken, als hätte sie ihm hinterherspioniert.

Wofür »Papa Ibiza« stand, erfuhr Lea Monate später. Kevin und Lea waren an einem sonnigen Samstagmorgen von ihrer WG in der Schanzenstraße zum Raum 3 aufgebrochen. Es gab ein leckeres Frühstück mit frischer Avocado für Lea; Kevin bekam sein heiß geliebtes Biorührei mit Baked Beans und Würstchen. Sie setzten sich an einen Ecktisch direkt am Fenster auf die grün bezogenen Stühle, einander gegenüber, noch von einer innigen Nacht glühend, Sonne, Kaffee und Essen genießend.

Irgendwann kam es dann wie aus dem Nichts. Kevin sprach stakkatohaft und mit vielen Unterbrechungen. Er zupfte an einem Faden, der am Ärmel seiner Jacke hing, drehte sich eine Zigarette, schien damit aber nicht so recht voranzukommen. Er versuchte immer wieder, mit einer Aussage anzusetzen, schaffte es aber lange nicht, ein Wort hervorzubringen.

»Also, mein Vater hat doch so 'ne Wohnung auf Ibiza, da ist er demnächst für drei Wochen.«

Lea sah ihn fragend an, während er sich weiter abmühte: »Da ist ein zweites Zimmer und man muss also nur den Flug bezahlen.« Schon wieder brauchte er eine Pause, um Tabakkrümel vom Tisch zu wischen. Dann ging es weiter: »Es ist alles da, Auto auch, man kann einfach quer über die Insel fahren.«

Lea sah ihn weiter still an und wartete gespannt auf das, was er eigentlich sagen wollte. Und dann kam es: »Also, wenn ich einen günstigen Flug kriege, dann flieg ich für 'ne Woche hin.«

»*Du* fliegst?« An dieser Stelle klinkte Lea sich in das Gespräch ein.

»Ja, also, wenn es einen billigen Flug gibt. Ansonsten muss man ja nichts bezahlen.«

»Aha.«

Stille.

Lea musste ihre Gedanken ordnen. Gerade hatte sie noch gedacht, dass er sie in den Urlaub mit einladen würde, weil ja alles so schön passte. Ein Zimmer, ein Auto, nur den Flug musste man bezahlen. Endlich der erste Urlaub mit Kevin. Aber er hatte doch »man« gesagt! Doch jetzt war plötzlich klar, dass Kevin einmal mehr ohne sie Urlaub machen wollte. Pause! Sie brauchte dringend eine Pause! Erst mal darüber nachdenken, alleine.

»Ich muss mal kurz auf die Toilette.«

»Okay.«

Sie schlurfte an der Bar entlang, nickte ihrer Kollegin Gülay zu und nahm die drei Treppen in Richtung WC. Tief atmen, erst mal nachdenken. Sie öffnete die erste Tür zu dem kleinen Vorraum mit Miniwaschbecken und sah in den Spiegel. Vor zehn Minuten noch hatte ein dickes Grinsen ihr Gesicht dominiert. Jetzt sah sie komplett anders aus, wie ein kleines verschrecktes Mädchen und eine alte verhärmte Frau gleichzeitig.

Was machen? Durchatmen? Sortieren? Analysieren. Warum genau war sie so verletzt? Weil sie sich ein weiteres Mal ausgeschlossen fühlte. Abgelehnt. Was für ein Arsch! Vor Kevin hatte Lea immer wieder Freunde und Verehrer gehabt, die sofort und auf der Stelle die ganze Welt mit ihr bereisen wollten. Und jetzt war sie mit jemandem zusammen, dem ihre Gesellschaft scheißegal war? Der lieber mit seinem Daddy nackten Frauen hinterhergeierte, als mit ihr zusammen zu sein. Hatte sie das eigentlich nötig? Sie überpuderte ihr Gesicht, übte lächeln und atmete nochmals tief durch, bevor sie sich wieder auf den Weg durch den Laden machte. Kevin blätterte in einem Magazin und griff nach Leas Hand, als sie sich hinsetzen wollte.

»Alles in Ordnung?«, fragte er – scheinheilig, wie Lea fand.

»Na ja.«

»Warum reagierst du denn so? Passt dir das nicht?«

»Also, ich hätte mich schon gefreut, wenn wir irgendwann mal zusammen in den Urlaub gefahren wären.«

»Ja, aber dann kostet es ja mindestens doppelt so viel. Dann brauchen wir Geld für den Flug, das Hotel, die Verpflegung, einen Mietwagen. Das kann ich mir gerade echt nicht leisten.« Er benutzte seine Finger, um jeden der kostspieligen Posten aufzuzählen.

»Es ist ja nicht so, als gäbe es keine Last-Minute-Angebote. Wir könnten sehr wohl mal günstig für 'ne Woche wegfliegen. Wenn wir das beide wollen, könnten wir jedenfalls.«

»Und deswegen soll ich jetzt nicht fahren, oder was?«

»Ich hab nicht gesagt, dass du nicht fahren sollst.« Nun holte Lea wieder tief Luft, als sie merkte, dass sie gleich heulen würde. Sie beschloss, die Frage zu stellen, die sie *eigentlich* am meisten interessierte. »Warum willst du mich denn nicht mitnehmen?«

Seine Antwort traf Lea wie ein Blitzschlag: »Mein Vater hat mich gebeten, alleine zu kommen.« Die Zeit blieb stehen. Noch 'ne Klopause? Nee, ging nicht. Also weiter: »Aha.«

Pause. Kevin starrte auf das Magazin, ohne wirklich etwas zu sehen.

»Na, wenn dein Vater das so will, spielt ja auch alles andere keine Rolle.«

»Was soll das denn heißen? Das stand doch gar nicht zur Debatte, dass du mitkommst.«

»Ach so, na, wenn das so ist ...«

»Wo ist denn jetzt das Problem?«

»Du hast keine Ahnung, wo das Problem liegen könnte? Ist das also alles in Ordnung für dich? Ganz normal, dass ein erwachsener Typ es nicht hinkriegt, mal mit seiner Freundin wegzufahren, sondern lieber mit seinem Daddy loszieht. Ich wusste nicht, dass ich mit einem kleinen Jungen zusammen bin.«

»Früher bin ich jedes Jahr mit meinem Vater in den Urlaub gefahren. Wir wollen das eben auch mal wieder machen. So wie früher.«

»Aha. Kommt die Frau von deinem Vater nicht mit in den Familienurlaub?«

»Doch, klar. Aber das ist ja kein Familienurlaub.«

»Aha, dann ist es wohl nicht ganz so wie früher. Scheint, als hätte dein Vater eine ernsthafte Beziehung und seine Partnerin wäre dann natürlich dabei.«

»Na ja, vielleicht ist es doch eher Familienurlaub.«

»Aha. Dann wäre natürlich noch die Frage offen, wer eigentlich zur Familie gehört. Ich ja offensichtlich nicht. Nach eineinhalb Jahren immer noch nicht.«

»Ach Mann, ich weiß doch nicht mal, ob ich fahre, ist ja nur so 'ne Idee. Kein Grund, so abzugehen!«

»Wieso steht es dann in deinem Kalender? Und das schon seit Monaten?«

»Was machst du denn in meinem Kalender? Und das steht da erst seit einer Woche, da hat mein Vater mich gefragt.«

»Was für ein Quatsch, ich hab das doch schon Anfang des Jahres gesehen und mich gefragt, was es damit auf sich hat. Deinen Kalender hab ich jedenfalls seit Monaten nicht angefasst.«

»Kann doch gar nicht sein. Willst du mir jetzt echt den Spaß daran verderben?«

»Nö. Ich hätte nur auch gern mal Spaß mit meinem Freund. Aber wenn der darauf keinen Wert legt, ist es ja wohl auch egal. Dann muss ich eben mit anderen Spaß haben. Fährt denn dein Stiefbruder mit?«

»Keine Ahnung, der kann wahrscheinlich gar nicht. Der ist ja beim Bund.«

»Und, wenn der 'ne Freundin hätte, dürfte die dann mit?«

»Hat er nicht. Und woher soll ich das denn alles wissen? Ist doch nicht mal klar, dass er mitkommt!«

»Wunderbar. Ich schätze, ich fahr dann mit Sonja nach Jamaika. Da muss ich nämlich auch nur den Flug bezahlen. Ich hatte ihr bisher immer abgesagt, weil ich dachte, du und ich, wir würden mal gemeinsam Urlaub machen. Ich hätte so was nie gemacht, aber jetzt werde ich *auch* einfach mal auf deine Gefühle scheißen.«

»Warum gehst du eigentlich so ab? Es hat keiner gesagt, dass ich fahre. Mein Vater hat's mir nur angeboten.«

»Ja, der hat dir das angeboten. Und gleich mal klargemacht, dass du ohne mich aufzutauchen hast, weil er mich ja *so* gerne hat.«

»Mann, ich hab doch gesagt, dass es gar nicht zur Debatte stand, ob du mitkommst.«

»Ist echt schön, das zu hören.«

»Ist jetzt auch mal gut! Ich hab ja selbst noch keine Ahnung, ob ich nun fahre oder nicht.«

»Na, da bin ich ja mal gespannt.«

Einen Tag später buchte Kevins Vater einen Flug für ihn. Der war so teuer, dass man damit auch einen Last-Minute-Urlaub inklusive Hotel hätte buchen können und Kevin musste an sein heiliges Erspartes. Das tat er dann auch, ohne zu murren. Lea blieb zunächst ruhig, kündigte dann aber ihre Trennung an, als er tatsächlich nach Ibiza flog. Sie fühlte, dass er nicht zu ihr stand und eiskalt sein Ding machte. Sie wusste, dass sie sich in einen Teufelskreis begeben hätte, wenn sie mit ihm zusammengeblieben wäre. Sie hätte versucht, Dinge zu tun, die ihn mindestens genauso verletzten, und das Ende wäre einfach noch ein ganzes Stück unangenehmer geworden.

Doch nach seiner Rückkehr bemühte er sich sehr um Lea, ließ sie wissen, wie sehr er sie vermisst hatte und dass er unbedingt auch mit ihr wegfahren wollte, dass es ohne sie für ihn fast unerträglich gewesen war. Er gab sich einsichtig und entschuldigte sich dafür, dass er keine Rücksicht auf sie genommen hatte. Zur Wiedergutmachung brachte er ihr handgemachten Schmuck mit, den er am Strand für sie gekauft hatte. Dass er angeblich ohne sie keinen Spaß gehabt hatte, stimmte sie versöhnlich.

Lea ließ sich zwar wieder auf die Beziehung ein, doch Ibiza blieb ein explosives Thema. Jetzt war also wieder ein Trip angesagt, »Nur mein Vater und ich, so wie früher«. Lea wollte sich diesmal nicht darüber aufregen, zumal sie das Bedürfnis nach dem Vater-Sohn-Kanutrip viel besser nachvollziehen konnte als den Ausschluss aus dem Sommerurlaub. Vielleicht würde er durch so eine Reise endlich mal erwachsen werden und ein bisschen mehr als »Macher« zurückkommen. Als ein Mann wie Dave, der ein Ding die Hand nahm und ehrgeizig seine Ziele verfolgte. Ach ja, Dave. Der schlich sich wieder immer häufiger in ihren Kopf. Und nicht nur dahin. Auch in ihr Herz und ihren Körper. Der war eigentlich ein perfekter Mann. Vor allem war er ein richtiger Mann, kein hilfloser Junge.

Dave würde so etwas sicherlich nicht machen, dachte sie. Der war schließlich erwachsen und traf seine eigenen Entscheidungen. Vielleicht würde er mit ihr für ein paar Monate quer durch Afrika oder Südamerika reisen. Die Vorstellung von einem Urlaub mit Dave ließ gleich wieder alles in ihr kribbeln. Und das zeigte ihr, dass es bestimmt gut für sie wäre, Kevin mal für kurze Zeit los zu sein.

Also sagte sie: »Alles klar. Ist bestimmt gut für euch beide, mal wieder ein bisschen mehr Zeit miteinander zu verbringen.«

Er nickte.

Und sie machte Pläne. Für sich und Dave.

Sie war Kevin irgendwie sogar dankbar für diese neue Wendung, weil er ihr mit seiner Entscheidung den nächsten Schritt erleichterte. Jetzt konnte sie Dave fast schon mit einem reinen Gewissen treffen und bis Kevin zurückkehren würde, wäre alles geklärt.

Dave und sie wären dann vielleicht bereits weg. An wunderschönen Stränden, wo sie sich sonnen und aus Kokosnüssen trinken, Kokosmilch über ihre Körper laufen lassen und es wieder voneinander ablecken würden. Zusammen mit dem salzigen Schweiß.

Sie würden nackt unter der heißen Sonne liegen und sich, wenn sie Schatten brauchten, in seine wunderschönen langen Dreadlocks einhüllen. Oder sich mit einem Sprung in den Ozean abkühlen. Sie würden im Meer planschen und dabei lauthals lachen. Wie Kinder. Er würde auf sie zukommen, sie mit beiden Armen wie ein Baby an den Strand tragen und sie im warmen, weichen Sand ablegen. Da, wo das Wasser sie nur ab und zu zart berührte, während sie sich liebten. Immer und immer wieder.

Er würde sie mit seinem schweren Körper bedecken, fest in ihre Haare greifen und sie dabei mit nassem Sand beschmieren. Der Geruch von Meer und purer Leidenschaft läge in der Luft. Und alles andere wäre völlig egal. Sie wären einfach nur glücklich. Er würde sie jeden Morgen mit einer innigen Nummer aufwecken und sie würde sich jeden Abend mit einem befriedigten Grinsen schlafen legen.

*

Paula hatte aus den Tarotkarten erfahren, dass für sie ein Neuanfang bevorstand, wenn und sobald sie die Dinge selbst in die Hand nahm. Da die Karten ihrer Meinung nach nie logen, plante sie also eifrig eine große Aktion. Sie war sich sofort sicher, dass es bei dem prophezeiten Neuanfang um ihre Beziehung zu Ole ging. Sie handelte schnell, wollte Verbindlichkeit schaffen, bevor sie ihre Meinung wieder ändern konnte. Ihre Freundin und Promotionkollegin Tamara wusste aus sicherer Quelle, dass Ole an diesem Abend nicht arbeiten musste. Und so bekam er eine mit Tamaras Hilfe verfasste Textnachricht: »Hola Chico, hab dich zu lange nicht gesehen, also komm heute Abend vorbei und ich mach was zum Vernaschen ... Kisses, Paula«.

Das klang weder sauer noch nach einem anstrengenden Gespräch und sollte ihm das Gefühl geben, dass er tatsächlich nur zum Vögeln erwartet wurde. Also würde er kommen. Das war der Plan, mit dem sie ihn anlocken und dann die Falle zuschnappen lassen wollte.

Paulas und Tamaras Plan schien innerhalb weniger Minuten aufzugehen, als Paulas Handy vibrierte. »Eine neue Textnachricht« – Paulas Puls setzte aus: »Ja, stimmt. Gute Idee. Ich bin bis ungefähr zehn beim Sport, dann komm ich rum. Und zwar hungrig ...«

Paula war überwältigt. Er würde tatsächlich noch einmal zu ihr kommen. Endlich mal wieder! Und sie würde die Chance nutzen und ihm ihr Herz ausschütten. Mit den Spielchen wäre jetzt endlich mal Schluss, sie würde mutig zu ihren Gefühlen stehen und ein Risiko eingehen. Sie hatte genug Zeit, um alles akribisch vorzubereiten. Es würde ein ganz besonderer Abend werden und sie würde dafür sorgen, dass alles perfekt war. Dazu gehörten ein Großputz, ein Ölbad und der Einkauf aphrodisischer Lebensmittel. Am besten Fingerfood, überlegte sie, mit dem könnten sie sich gegenseitig füttern.

Ihr körperlicher Kontakt würde damit eine ganz neue Ebene erreichen. Nach kurzem Überlegen hatte sie die Reihenfolge der Vorbereitungen festgelegt: erst Putzen, dann Einkaufen und ganz am Ende würde die ausführliche Körperpflege kommen, damit sie Ole duftend und mit weicher Haut hereinlassen konnte. Sie bezog ihr Bett mit champagnerfarbener Satinwäsche und träufelte ein paar Tropfen eines ätherischen Rosenöls auf die Laken. Auch ein Potpourri wurde mit Duftöl neu belebt und in ihrem Schlafzimmer aufgestellt. Dann saugte sie den Boden und machte sich daran, gründlich ihr Bad zu putzen. Es war ja schließlich möglich, dass sie ihren Begrüßungssex auf die Badewanne ausweiten oder sich hinterher bei einem Schaumbad ihre Liebe gestehen würden.

Ole sollte bemerken, dass sie neben ihrem Job auch ihre Wohnung im Griff hatte und damit eine perfekte Partnerin für ihn wäre. Nach dem sorgfältigen Einkaufen kümmerte sie sich ausgiebig um ihren Körper, der weich, ölig und haarlos werden sollte. Als alles geschafft und perfekt in Szene gesetzt war, setzte sie sich aufgeregt auf ihr Sofa. Nach zwei Tassen Tee hielt sie es für eine gute Idee, doch schon zum Rotwein überzugehen. Gegen die Aufregung und damit das mit dem Gespräch gleich etwas leichter werden würde. Sie vermied so lange wie möglich, auf die Uhr zu sehen. Als sie es letztendlich doch tat, war es 23.10 Uhr.

Sie hatte ihn eigentlich schon längst erwartet und fühlte einen Adrenalinstoß durch ihren Körper fließen. Es war bestimmt gleich so weit. Sie ging noch mal ins Bad und putzte sich die Zähne. Sie wollte Ole nicht mit vom Rotwein verfärbten Zähnen begrüßen. Sie korrigierte ihre Frisur, strich über ihre Augenbrauen und ging wieder ins Wohnzimmer. Sie zappte durch die Fernsehprogramme, obwohl Sade schon in ihrem CD-Player auf ihren Einsatz wartete. Als eine weitere halbe Stunde vergangen war, goss sie doch wieder Rotwein nach. Er würde ja nach dem Klingeln ein paar Minuten für die vier Stockwerke brauchen. Da könnte sie sich ein weiteres Mal schnell die Zähne putzen.

Sie nahm wenig Wein, ließ ihn in ihrem Mund, spielte mit der herben Flüssigkeit, bis sie sie dann in kleinen Schlucken ihre Kehle hinuntergleiten ließ. Ob sie bei ihm anrufen sollte? Er hatte doch gesagt, dass er gleich nach dem Training kommen würde. Hm. Die Duftkerzen, die sie angezündet hatte, waren schon ein ganzes Stück heruntergebrannt. Sie blies alle bis auf eine aus, ihre Wohnung hatte schon genug Aroma abbekommen.

Sie holte eine Tüte mit Erdnussflips aus ihrem Vorratsschrank und riss sie noch im Stehen auf. Sie war hungrig vom Rotwein und dem langen Warten, wollte aber nicht das sorgsam arrangierte Fingerfood-Ensemble zerstören. Sie stopfte sich immer schneller immer mehr trockene Brocken in den Mund und stellte fest, dass die Bio-Variante gar nicht so lecker war. Doch das war egal, sie hatte schlechte Laune vom Hunger und musste unbedingt etwas dagegen tun. Sie stopfte weiter Flips in sich rein und spülte dann die Brösel mit Rotwein aus ihrem Mund.

Warum sagte Ole denn nicht wenigstens Bescheid? Sie trank weiter, legte sich frustriert aufs Sofa, deckte sich zu und hörte bei einer Comedysendung mit dem Zappen auf. Nach drei schlechten Witzen hatte sie auch darauf keine Lust mehr, doch sie war zu voll und zu faul, um die Fernbedienung wieder in die Hand zu nehmen. Ihre Snackplatte sah mittlerweile nicht mehr besonders attraktiv aus. Der Käse schwitzte, Oliven und Früchte wurden langsam trocken und unappetitlich. Was für ein Arsch!

Als sie zum ersten Mal wieder aufwachte, war es 2.15 Uhr. Paula sah sich benommen um, kramte ihr Handy vom Couchtisch und klappte es auf: nichts. Kein Anruf, keine SMS, gar nichts.

Sie ärgerte sich darüber, dass sie sich ärgerte. Und darüber, dass sie so viel Hoffnung in diesen Abend gesetzt hatte. Oder sollte sie noch nicht aufgeben? Würde er noch kommen?

Sie wusste nicht, ob sie die Sache abhaken sollte oder ob er gleich mit Blumen vor ihrer Tür stehen würde. Sie wollte sich jedenfalls nicht die Blöße geben, bei ihm anzurufen, ihm ein weiteres Mal nachzulaufen. Sie wollte nicht, dass er sie für 'ne nervige Tussi hielt, die er wie den letzten Dreck behandeln konnte. Sie war ja schließlich eine coole Frau, die ihr Leben im Griff hatte.

Würde er noch kommen? Warum sagte er nicht wenigstens ab? Paula las noch einmal ihre und seine Textnachrichten, um herauszufinden, ob sie irgendetwas übersehen hatte. Hatte sie ein »vielleicht« überlesen? Hatte sie überlesen, dass er es nur unverbindlich gemeint hatte? Wollte er erst morgen oder an einem anderen Tag zu ihr kommen? Doch so war es nicht, das war eindeutig eine Verabredung. Und er hatte sie jetzt einfach so versetzt. Sie erinnerte sich an das letzte frustrierende Erlebnis mit ihm, nahm noch mal einen Schluck Wein und ging dann ins Bett. Sie ließ ihre Schlafzimmertür offen stehen, damit sie die Klingel nicht überhörte.

Doch als sie am nächsten Morgen gerädert und verkatert aufwachte, musste sie feststellen, dass Ole nicht aufgetaucht war. Und sich noch immer nicht bei ihr gemeldet hatte.

*

Lea hatte sich nicht vor dem großen Anruf gedrückt und sich tatsächlich mit Dave verabredet. Er reagierte erfreut und charmant auf ihre kleine telefonische Anfrage und ließ sich auf ein Treffen am nächsten Abend festnageln. Richtig verbindlich.

Nach einem Shooting wollte er sich melden und dann sollte es das Standard-Date-Programm geben. Essen und Drinks. Die Drinks waren verheißungsvoll, da Dave eigentlich nur trank, um sich zu betrinken. Nicht, weil er Alkohol mochte. So hatte er es ihr damals jedenfalls erzählt. Wenn er betrunken sein wollte, plante er etwas, das er sich ohne Alkohol nicht trauen oder zugestehen konnte. Das war ein sehr gutes Zeichen! Lea konnte schon fühlen, wie seine Lippen sich ihren näherten, wie seine Arme ihren Körper umschlossen.

Sobald sie die Auflegentaste ihres Handys gedrückt hatte, drehte Lea vor Nervosität fast durch. Sie setzte sich zum Arbeiten mit ihrem Laptop an den Schreibtisch, konnte sich aber kein bisschen konzentrieren. Plötzlich reichten die neue Frisur und der fitte Körper nicht mehr für ihr Attraktivitätsgefühl aus. Sie kam sich klein und dick vor und wollte sich am liebsten in einer Höhle verkriechen. Außerdem schien ihre Haut sehr negativ auf Stress und Alkohol zu reagieren.

Wuchs da etwa noch ein Pickel auf ihrer Stirn? Zusätzlich zu dem an der Wange? Wie furchtbar! Das war ja schlimmer als in der Pubertät! Nachdem sie sich zunächst auf das Date gefreut hatte, war ihr jetzt bei dem Gedanken daran gar nicht mehr so wohl zumute. Sie sollte sich lieber zu Hause verstecken und das alles noch einmal überdenken. Lea begann zu zweifeln. Wollte sie das mit Dave eigentlich wirklich? Und was sollte das alles werden? Eine Affäre? Ein gemeinsames Leben? Wie könnte sie denn mit ihm zusammen sein, nachdem er sich die ganze Zeit über wie ein Weichei verhalten hatte? War da überhaupt eine Basis? Und würde eine Affäre mit ihm auch nur den geringsten Sinn ergeben?

Ach Mensch, und dann war da ja noch Kevin. Der würde sich bestimmt niemals wieder auf eine Beziehung einlassen, wenn all das herauskäme. Der würde den bösen Frauen für immer abschwören. Doch Lea war sich bewusst darüber, dass sie die Sache mit Dave klären und abschließen musste, wenn ihre Beziehung mit Kevin in Zukunft auch nur den Hauch einer Chance haben sollte. Sie befand sich in einem Dreieck, in dem keiner der Beteiligten wirklich glücklich war. In dem keiner genau das bekam, was er wollte. Nun war es an ihr, dieses Spannungsfeld aufzulösen, und diese Aufgabe stand unmittelbar bevor.

Lea wusste genau, wo sie Dave treffen wollte: im lauschigen Café Flocke im Stadtteil Ottensen. Irgendwie romantisch, etwas versteckt in einer kleinen Straße. Nicht direkt auf der Meile im Viertel, wo man jemandem begegnen könnte. Sie wollte mit ihm alleine sein und so herausfinden, was das mit den beiden denn nun werden sollte. Ohne Zuschauer und ohne Unterbrechungen. Würde er überhaupt auftauchen? Sicherlich nicht pünktlich. Vielleicht sollte sie vorsichtshalber auch verspätet kommen? Sodass er dann irgendwo warten musste. Und sie würde einen angemessenen Auftritt hinlegen.

Aber das war wohl nicht der richtige Zeitpunkt für solche Experimente, denn es fielen dicke Regentropfen vom Hamburger Himmel. Eine gestylte Frisur und makelloses Make-up konnte sie sich auch abschminken. Wobei das vielleicht gar nicht so schlecht war. Schließlich war er ein Rasta und man konnte davon ausgehen, dass er eine Vorliebe für Natürlichkeit hatte. So ganz passte das jedoch nicht, denn seine Freundin war der Inbegriff einer Tussi. Immer in kurzen Röckchen, stylischen Stiefelchen, mit langen dunklen Löckchen. Alles an ihr verdiente eine Verniedlichung, vor allem ihre Tittchen. Und ihr Ärschchen. Wie konnte es sein, dass er mit diesem Mädchen zusammen und gleichzeitig von Lea und ihrem kurvigen Körper so begeistert war?

Lea konnte das alles nicht verstehen, beschloss aber, ab sofort mit dem Durchdrehen aufzuhören. Sie würde sich einfach ein Buch mitnehmen und sich eine strategisch günstige Ecke aussuchen. Dann würde sie dort gemütlich und entspannt sitzen und mit Lesen beschäftigt sein, wenn er kam. Falls er kam. Ob er wohl kommen würde?

Lea konnte kaum essen und rannte immer wieder aufs Klo. Eigentlich hatte sie beschlossen, vor dem Date zum Sport zu gehen. Nach einer Stunde Bauch-Beine-Po würde sie bei ihrer Verabredung richtig knackig aussehen, aufrecht sitzen und strahlen. Ihre muskulösen Oberarme würden sich aus dem ärmellosen Top herausstrecken und darauf warten, ihn an ihren Körper zu ziehen und ganz fest zuzudrücken. Sie wäre cool, stark und unglaublich entspannt.

Aber nun fühlte sie sich fast schon zu schwach für den Gang vor die Tür. Sie saß zerstreut vor einem Bücherstapel und versuchte Thesen für ihre Prüfungen zu formulieren. Doch sie war dabei nicht besonders erfolgreich. Sie gab ihr Bestes, ertappte sich aber regelmäßig beim Träumen, Grübeln und Nachdenken. Sie zupfte an ihren Fingernägeln, zwirbelte ihre Haare und fühlte immer mehr Pickel auf ihrem Gesicht zu voller Pracht heranwachsen.

Zum Glück war Kevin nicht da, so konnte sie sich wenigstens die Ausrede ersparen. Und seinen fragenden Blick beim Abschied. Er schien oft sehr sensibel zu sein und viele Dinge wahrzunehmen, auch wenn sie nicht angesprochen wurden. Nur schaffte er es nicht, über seine Empfindungen zu reden. Er bewahrte alle Zweifel, Fragen, Ängste und Gefühle tief in seinem Inneren auf und vernebelte den Weg dorthin mit Bier oder Joints.

Lea fragte sich, ob ihre Verachtung Kevin gegenüber nur mit ihrem schlechten Gewissen zusammenhing oder ob sie ihn einfach jetzt erst mit offenen Augen sah. Wer schaffte sich denn mit Mitte zwanzig noch eine Playstation an oder traute sich nicht, mit seiner Freundin zu verreisen und sich gegen spalterische Eltern durchzusetzen? Wie könnte er jemals ein Vorbild für seine Kinder sein, wenn er grundsätzlich die Uni für einen konspirativen, beängstigenden Ort voller arroganter Yuppies hielt, die nicht nach links und rechts blickten und sich im Grunde nur mit sinnlosem Theoretisieren beschäftigten? Ob er jemals so weit sein würde, Verantwortung zu übernehmen?

*

Tine war von Familienplanung weiter entfernt als jemals zuvor. Sie war endlich frei und wollte das auf jeden Fall bleiben. Und ausgiebig genießen. Jeder Tag im Sonnenstudio wurde zu einem Abenteuer, auf das sie sich freute. So wusste sie, während sie morgens den Laden aufsperrte, nie, ob und mit wem sie flirten, spielen oder schlafen würde. Ihr Arbeitsplatz wurde zu ihrer Bühne, auf der sie täglich unterschiedliche Rollen verkörperte und die Reaktionen ihres Publikums aufmerksam verfolgte.

Mal ging sie als Femme fatale, mit rot geschminkten Lippen, schwarzen Lederstiefeln und einem kurzen Rock. Ohne

Slip, versteht sich. Ein anderes Mal kam sie als »Unschuld«, flocht sich morgens sorgfältig zwei dicke Zöpfe und kam fast ungeschminkt in einem niedlich gemusterten Blümchenkleid. An diesem Tag lutschte sie die ganze Zeit über an kleinen bunten Lollies und kicherte albern vor sich hin, wenn Kunden im Laden waren. Den Tag als Punkerin fand sie ziemlich öde und vor allem unsexy. Sehr sexy fühlte sie sich dagegen als toughe Businessfrau; im dunklen Anzug, mit streng hochgesteckten Haaren und einer schwarz umrandeten Brille, durch die sie arrogant in die Weite blickte. Für dieses Outfit hatte sie sich schwarze Heels besorgt, die ihr beim Laufen einiges abverlangten, weswegen sie meist mit verschränkten Beinen auf ihrem Stuhl verharrte.

Nach ihren Schichten ging sie oft nach nebenan in den Secondhandladen, der ihr für kleines Geld einen beinahe unendlichen Fundus an Verkleidungen anbot. Sie wühlte sich durch Kleiderständer und Boxen mit Accessoires wie Schals, Gürteln, Taschen und Haarspangen. Die Schuhregale waren ein weiteres Spielfeld, das sie auf ihrer Schatzsuche intensiv erkundete. Tine war zum ersten Mal seit Ewigkeiten richtig gelöst und glücklich und hatte unendlich viel Spaß.

Ihre Rolle des Tages war die der Uhlenhorster Witwe. Diese Damen hatte sie immer wieder fasziniert in dem schicken Stadtteil Uhlenhorst an der Außenalster beobachtet. Frauen zwischen fünfzig und 75, die den verbliebenen Reichtum ihrer nicht mehr verbliebenen Ehemänner und Liebhaber öffentlich zur Schau stellten; dicht mit wertvollem Schmuck behängt und immer in teure Couture gekleidet. Wenn man sie traf, waren sie meist betrunken. Tine freute sich auf diese exzentrische Rolle und trug zu diesem Zweck eine Bluse, die entfernt an ein Gaultier-Muster erinnerte, und einen Rock, der ebenfalls viel zu bunt gemustert und mit Goldfäden durchzogen war. Zusätzlich hatte sie sich mit falschen Goldklunkern behängt und eine dicke Proseccoflasche mitgenommen, die sie Flöte für Flöte süffelte, während sie durch Zeitschriften wie das Alster-Magazin und Hochglanz-Designer-Möbel-Kataloge blätterte. Sie genoss die neugierigen Blicke der Leute, wenn sie an ihrer Theke vorbeikamen oder sich am SB-Automaten zu schaffen machten.

Tine begrüßte sie förmlich, versenkte sich aber überdeutlich in ihre exklusive Lektüre. Auf der Fotografie eines Segelbootes sah sie einen Mann, der sie entfernt an Ole erinnerte. Da erst fiel ihr auf, dass der nie wieder im Sonnenpunkt aufgetaucht war. Auf der einen Seite fand sie das sehr schade. Schließlich hatte ihr die Nummer mit ihm ziemlich viel Spaß gemacht und sie hatte nicht wenig Interesse daran, seinen makellosen Körper noch intensiver zu erkunden. Auf der anderen Seite war es natürlich besser so, denn die Sache mit Ole hätte zwischen Tine und Paula nur zu weiteren Komplikationen geführt.

Sie hatten noch immer nicht richtig über das Thema gesprochen, sondern immer einen diskreten Bogen darum gemacht. Sie fragte sich, ob es besser war, es dabei zu belassen, oder ob die beiden das Ereignis noch mal aufrollen und damit abschließend klären sollten. Sie würde das abends mal mit Lea durchsprechen und dann hoffentlich von ihr erfahren, was Paula ihr eigentlich über das Thema erzählt hatte. Und wie es ihr ging. Und ob sie sauer war.

Tine lehnte sich nach hinten. Eine lasziv gerauchte Zigarette an einer mindestens 15 Zentimeter langen goldenen Zigarettenspitze hätte den glorreichen Auftritt perfektioniert. Da sie die nicht hatte, erdachte sie sich eine Migräne, die sicherlich auf der Stelle einsetzen würde, wenn sie nicht sofort an die frische Luft ginge. Also erhob sie sich majestätisch und schritt sich selbst Luft zufächelnd eilig durch die Glastür, die nahende Ohnmacht gerade noch verhindernd.

Nun sah sie auf der Feldstraße einen Mann in ihre Richtung kommen, den sie augenblicklich faszinierend fand. Er hatte etwas des besessenen Genies eines Tom Tykwer und trug einen abgerockten, aber extrem gut sitzenden Anzug an seinem schlaksigen Körper. Seine dunklen zerzausten Haare umrahmten sein markantes Gesicht, das nicht mehr ganz jung war. Künstlertyp, auf jeden Fall betont unangepasst. Ihre Faszination zwang sie dazu, sich augenblicklich körperliche Nähe mit ihm vorzustellen. Er würde dicht vor ihr stehen. So dicht, dass sein Atem sie kribbelnd an dieser einen Stelle hinter ihrem Ohr berühren würde …

Er kam tatsächlich näher, ging auf Tine zu und nahm ganz freiwillig Blickkontakt mit ihr auf. Ihr Herz klopfte. Seine Augen waren grau-grün und hatten in ihrer Offenheit auch etwas Verwegenes. Er zog den rechten Mundwinkel zu einem angetäuschten Lächeln hoch, als er bemerkte, wie Tine ihn anstarrte. Sie hatte keine Zeit zu verschwenden: »Lust auf Kaffee?«

»Äh, wie, jetzt gleich?«

»Na klar, morgen könnten wir ja tot sein.«

»Das ist natürlich richtig. Also gut. Ich heiße übrigens Marek, falls wir für so etwas Förmliches noch Zeit haben.«

»Aber natürlich. Ich bin Christine-Marie.« Tine war der Meinung, dass ihr voller Name eher zu ihrem Uhlenhorster Witwen-Ich passte.

»Oh, was für ein schöner Name! Entspricht seiner Besitzerin!«

Tine grinste, weil diese Begegnung genauso und fast noch besser verlief als erhofft. Sie war selbst von ihrer Coolness überrascht. »Vielen Dank, junger Mann.«

»Junger Mann, das hör ich selten. Aber der junge Mann muss gleich noch in sein Theater. Sollen wir tatsächlich vorher einen schnellen Kaffee trinken oder uns nach meinem Termin etwas, *ähm,* intensiver kennenlernen?«

»Theater? Der junge Mann hat ein Theater?«

»Haben ist übertrieben. Ich bin Regisseur und ich habe das Glück, dass es ein paar Leute gibt, die meinen Anregungen zuhören. Die schöne Frau interessiert sich also fürs Theater?«

»Ja, sehr!«

»Vielleicht hast du ja Lust mitzukommen, Christine-Marie? Wir planen gerade eine neue Performance und da ist sicherlich noch Raum für eine begabte junge Frau.«

»Wirklich?« Tine konnte es kaum glauben. Gingen heute alle ihre Wünsche in Erfüllung, ohne dass sie sie erwähnen musste?

»Na klar. Wir sind aber kein Standardensemble, wir arbeiten experimentell. Da probiert man einfach aus. Und ich würde dich gerne ausprobieren.« Nun sah er sie mit seinen graugrünen Augen durchdringend an. Tine senkte den Kopf kurz, um ihr Gegenüber gleich wieder mit festem Blick zu mustern: »Ausprobieren klingt super!« Sie wartete auf eine Regung in seinem Gesicht, bis sich sein rechter Mundwinkel erneut zu einem schelmischen Lächeln hob.

»Ausgezeichnet. Ich schreib dir die Adresse auf und du kommst einfach morgen Abend vorbei. Und dann erzähl ich dir alles noch einmal ausführlich. Beziehungsweise ich zeig es dir. Vom Erzählen halte ich eigentlich gar nicht so viel.«

»Zeigen klingt toll. Dann wünsch ich einen erfolgreichen Termin, junger Mann!«

»Vielen Dank, schöne Frau. Es war mir eine große Freude! Bis später.«

Er nahm Tines Hand und deutete eine kleine Verbeugung und einen Handkuss an. Dieser Typ war smooth! Sie sah ihm nach, während er von ihr weg und weiter die Feldstraße entlangging und seine Klamotten mit jeder seiner gleichmäßigen Bewegungen um seinen Körper flatterten. Er war etwas älter, vielleicht Mitte vierzig, und er war unglaublich sexy. Sein Körper war schmal, definiert. Seine Bewegungen verliehen ihm eine Grazie, die Männer nur selten hatten.

Tine freute sich aufs »Ausprobieren« und kehrte beschwingt an ihren Tresen zurück. Sie leerte die Proseccoflasche in ihre Flöte und prostete sich feierlich zu. Was für ein wundervoller Tag!

*

Lea hatte die Nase voll davon, dass Paula und Tine nach dieser ungeklärten Geschichte mit Ole so betroffen umeinander herumtänzelten und dass die Freundschaft der drei mal wieder Gefahr lief auseinanderzubrechen. Aus Erfahrung wusste sie, dass das Problem sich am leichtesten mit Hilfe von Alkohol lösen lassen würde. Also bestellte sie beide energisch zum Ende einer ihrer Schichten in den Raum 3 und gab vor, dringend Tester für ihre neuen Longdrink- und Cocktail-Kreationen zu brauchen.

So mischte sie Kahlúa mit verschiedenen Säften, packte Rum in alles, was sie finden konnte, und entschärfte die Ergebnisse wieder mit Limonenspritzern, Maracuja-Saft oder Zimt. Paula und Tine schluckten fleißig, was Lea ihnen vorsetzte, und erzählten ausführlich von allem, was ihnen in der

Zwischenzeit passiert war. Und von den Dingen, die sie für sich begriffen hatten.

Paula berichtete, dass sie sich endlich mal auf das Leben in all seinen aufregenden Facetten einlassen und sich Gedanken über ihre berufliche Zukunft machen wollte. Die Zeit der Promotionjobs hatte sich immer länger hingezogen, obwohl sie eigentlich nur als eine kurze Phase gedacht war. Irgendwie war der richtige Moment für die Gründung ihrer eigenen Agentur nie gekommen. Aber jetzt wollte sie nicht mehr darauf warten. Und auch im Bezug auf Männer sollte in ihrem neuen Leben alles anders werden. So eine Enttäuschung wie Ole würde ihr jedenfalls nicht wieder passieren: »Der hat ja echt *alles* gevögelt, was nicht bei zwei auf den Bäumen war!«

Diesen Seitenhieb wollte Paula Tine auf keinen Fall ersparen. Die nahm es sportlich, wies darauf hin, dass solche Männer sich dafür oft technisch gut entwickelt hatten und sich daher ganz gut als Zwischenmahlzeiten eigneten. Lea setzte ihren Girls sofort zwei Kurze vor, denn sie wollte die Zickereien nicht eskalieren lassen. Und nach einem »Prost« war das Thema Ole bald wieder abgeschlossen und Tine mit dem Erzählen an der Reihe. Sie berichtete aufgeregt von ihren neuesten Erkenntnissen und Bekanntschaften: »Ich kann nicht fassen, wie viel Zeit ich mit diesem Undercover-Spinner Max verschwendet hab. Es gibt im Grunde *so* viele tolle Menschen auf der Welt! Ihr könnt gar nicht glauben, wie viel Spaß ich damit habe. Jeden einzelnen Tag treffe ich jemanden, der mich umhaut. Man muss echt nur die Augen aufmachen!«

»Ich bin auch so gut wie blind«, mischte Lea sich ein, »ich seh nämlich genau zwei Männer. Danach ist mein Sehvermögen stark eingeschränkt. Ich wünschte, es würde sich auf nur einen fokussieren.«

Paula dagegen wollte wieder offen sein, aber diesmal, um genauer auszuwählen und nicht, um jede Möglichkeit zu nutzen: »Ich weiß ja nicht, wo eure tollen Menschen alle herkommen, aber ich werd mich jetzt einfach mal um mich kümmern. Und wenn da mal wieder ein Mann ins Spiel kommen sollte, muss der mich tatsächlich richtig wollen. Und ich ihn auch. Ich hab keinen Bock mehr auf diese halben Sachen! Da ist der Sex ohne Männer echt entspannter.«

»Hm.« Lea seufzte nachdenklich, bis sie bemerkte, dass ein Gast zahlen wollte, woraufhin sie sich kurz aus dem Gespräch ausklinkte, um ihren eigentlichen Job zu erledigen. Danach kam sie mit drei doppelten Sambuccagläsern ans Ende der Bar zurück: »Noch 'ne Runde auf die Männer und den Sex ohne sie!«

»Oh nein, oh nein, ich will aber noch, ich will dass Marek morgen dabei ist!«, quengelte Tine.

»Na gut, die Frau, die nicht genug kriegen kann, trinkt eben auf Sex mit wem auch immer«, lallte Paula zu laut und noch immer mit einem kleinen Tick Bösartigkeit. Die drei stießen mit den Gläsern an und kippten die klebrige Flüssigkeit auf einmal in ihren Mund. Paula kaute auf den Kaffeebohnen, Lea spuckte sie zurück in ihr Glas, Tine zielte dagegen nur einmal auf ihr leeres Weinglas und dann auf Paulas offen stehende Handtasche. Eine kleine Gemeinheit wollte sie nämlich auch noch ausüben, um Paulas Seitenhiebe nicht ganz unwidersprochen auf sich beruhen zu lassen. Lea musste laut losprusten, als sie das sah, und so begann auch Paula zu lachen, ohne zu wissen warum.

Leas Versöhnungsplan schien also irgendwie aufzugehen, auch wenn sich die beiden nicht direkt in den Armen lagen. Sie trugen ihren Konflikt eben mit einer indirekten Methode aus. Sie goss noch mal Sambucca nach und wechselte bei der Gelegenheit die Musik. Nun lief Michael Jackson und Lea begann sofort, laut mitzusingen. Auch Tine stimmte mit ein, während Paula einfach nur vor sich hin lächelte. Lea dachte, dass der richtige Zeitpunkt gekommen sei, um ihre große Neuigkeit zu verkünden: »Wisst ihr, was ich morgen mache?« Es entstand eine bedeutungsschwangere Pause. Tine und Paula sahen sie nur fragend an.

»Ich treffe mich mit Dave!«

»Was, echt?«, entgegnete Paula.

»Ja«, mehr konnte Lea nicht sagen. Als sie es ihren Freundinnen verraten hatte, wurde ihr erst klar, dass es jetzt tatsächlich passieren würde. Das machte sie nervös. Sie hätte gar nichts sagen sollen. Das Date könnte ja auch wieder mal platzen.

»Wow, diesmal sicher? Was wollt ihr denn machen?«, wollte Tine wissen.

»Also, wir haben es fest und im Voraus ausgemacht, es klang schon verbindlicher als sonst. Wir werden uns erst in Altona treffen. Und dann was essen, was trinken oder so. Und dann ... sehen wir mal, was uns so einfällt.«

»Darauf sollten wir gleich noch einen trinken«, meinte Tine.

»Yo, genau, ich mach noch 'ne Runde Cocktails!« Lea hüpfte im Takt der Musik und zauberte eine neue Cocktailkreation, um nur ja nicht noch mehr an den nächsten Tag zu denken. Wie gut, dass Kevin weit weg und mit seinem Daddy auf Paddeltour war!

Kapitel 6

Auf zu neuen Ufern!

Bei Paula waren jetzt ganz neue Zeiten angebrochen. Es gehörte nicht mehr zu ihrem Alltag, sich über nervige Auftraggeber zu ärgern – sie bereitete die Übernahme vor. Von Marketingaufträgen und vielleicht auch von der Welt. Und diesen Plan wollte sie gut vorbereitet wissen. So surfte sie nächtelang im Internet, um Informationen über ihre geplante Selbstständigkeit zu finden, meldete sich zu einem Existenzgründungs-Workshop an, holte schlaue Bücher aus den Bücherhallen und sammelte fast täglich Ideen für ihr eigenes Unternehmen. Sie würde jetzt endlich ihre zu lang im Dickicht des Alltags vergrabene Idee umsetzen und ihre eigene Chefin werden. Was die alten Säcke in den Eventabteilungen von Unternehmen machten, würde sie schon längst auf die Reihe kriegen. Und dabei auf jeden Fall einen viel besseren Job hinlegen. Sie kannte genügend Leute, die als Mitarbeiter und Auftraggeber in Betracht kamen. Also musste sie sich nur trauen. Alles, was sie brauchte, war eigentlich schon längst da. Zugreifen war angesagt.

Paula war total in ihren Eifer versunken und konnte nicht aufhören, Ideen zu sammeln, Mind-Maps anzulegen und To-do-Listen mit Stichpunkten zu füllen. Sie schrieb das Wort »Chefin« mit einem dicken Edding auf eines ihrer Fotos und hängte es über ihrem Bett an die Wand. Endlich fühlte sich etwas total richtig an!

Paula war so aufgeregt, dass sie oft nicht schlafen konnte oder nachts plötzlich aufwachte, weil ihr im Traum eine Idee gekommen war, die sie unbedingt aufschreiben oder sofort im Internet recherchieren wollte. Der Aufwand störte sie gar nicht, da sie bei dem Gedanken an ihre Zukunft eine beinahe sexuelle Erregung verspürte. Sie war so aufgeregt und von ihren Plänen erfüllt, dass sie anfing, Bekannte anzurufen und ihnen davon zu erzählen, um deren Feedback einzuholen.

Sie verabredete sich mit Tamara zum Frühstück, um das rasche Wachstum ihrer Idee gebührend zu zelebrieren. Auch Tamara hatte schließlich schon über zwanzig Jahre als Hostess, Handy-Andreherin und Flyer-Verteilerin verbracht und bereute es mitunter sehr, dass sie nie einen Absprung gewagt hatte. Sie glaubte immer noch daran, dass sie irgendwann mit dem Arbeiten aufhören könnte. Nämlich dann, wenn sie einen der solventen Herren auf den Messen und Veranstaltungen, die sie frequentierte, in ihren Bann gezogen hätte. Der würde sich dann um diese langweiligen Dinge wie Geldverdienen kümmern. Folglich hatte sie immer viel in Friseurbesuche, Blondierungen, Make-up, betörendes Parfum, Wäsche und Sonnenbänke investiert.

Es war noch nie nötig gewesen, sich Gedanken über eine Karriere zu machen, denn ihr Daddy sponserte seine einzige Tochter ohne jedes Murren. Er legte nur Wert darauf, dass sie irgendetwas machte, also nicht vollkommen untätig zu Hause saß. Deshalb drückte sich Tamara in Kostümchen auf Messen herum – was ihr neben Partys ein weiteres Feld für ihre Jagd nach erfolgreichen, also reichen Männern lieferte. Sie lebte in einer bequemen, sorgenfreien Welt, in der ein Luxusapartment und ein schicker Wagen zu einer Normalität gehörten, für die man sich nicht einmal anzustrengen brauchte. Es war die natürliche Aufgabe ihres Vaters, sich um sein Töchterchen zu kümmern. Egal, wie alt sie war. Sie hatte vor, ihren Vater irgendwann durch einen anderen Mann zu ersetzen, der sich dann um ihre Ansprüche kümmerte. Doch nun, mit knapp über vierzig, bekam Tamara immer weniger Jobs – erst recht, wenn sie nicht über ihr Alter log. Sie war von 18- und 19-Jährigen umgeben, die ebenso gern die großzügige Bekanntschaft von Geschäftsmännern genossen. Tamaras Blütezeit war vorbei, das wurde auch ihr selbst immer klarer. Während sie früher mit Leichtigkeit Prominente und Neureiche um den Finger wickeln konnte, war sie mittlerweile oft nur noch eine Zuschauerin bei den Balzritualen von reichen Männern und schönen Mädchen.

Die vielen Partys und Szene-Events hatten sie so sehr gezeichnet, dass sie mittlerweile all das Make-up wirklich brauchte, mit dem sie sich schon seit Jahrzehnten in dicken Schichten ihr Gesicht zukleisterte. Sie versuchte, es mit Humor zu nehmen, und setzte einfach bei ihren sexy Outfits noch einen drauf. Sie dachte darüber nach, ihre Brüste vergrößern zu lassen, um das mit dem großzügigen Versorger doch noch irgendwann auf die Reihe zu kriegen. Wenn sie heutzutage angetrunken in einer Bar saß, erzählte sie gerne wehmütig, mit wem sie alles schon mal im Bett war: mit Dieter Bohlen, dem größten Konzertveranstalter Deutschlands, ein paar HSV-Spielern ... Und dann wurde sie wieder fröhlich und freute sich darüber, dass sie noch immer so taufrisch und sexy aussah und den jungen Dingern auf jeden Fall, zumindest was die Technik anbelangte, weit überlegen war.

Die schwindende Straffheit ihres Körpers machte sie auf jeden Fall dadurch wett, dass sie ganz genau wusste, was Männer so brauchten und wollten. Sie bezeichnete sich gerne als die Königin der G-Punkt-Stimulation und hielt diese Fähigkeit für den Schlüssel zu ewiger Anbetung. Trotzdem wollte niemand eine Beziehung mit ihr eingehen.

Tamara empfing Paula in einem rosa Bademantel zu Hause und kicherte sofort los: »Wie schön, dass du da bist, nimm dir schon mal ein Glas Prosecco, ich zieh mir noch schnell was an und mach meine Haare trocken.«

Paula stellte sich kurz die Frage, ob sie schon am Vormittag trinken sollte, aber erkannte schnell, dass ein »Nein« bei Tamara ziemlich sinnlos war.

»Mein Bäcker hat mir auch ein paar Teilchen hochgebracht; der Typ hat sie mir sogar geschenkt, er fand mich ziemlich sexy.«

Paula konnte sich gut vorstellen, wie das ausgesehen hatte. Tamara setzte ihre Sexualität fast in jeder Sekunde ihres Lebens ein, leckte an ihren Lippen, an Stiften, berührte sich selbst und warf Männern hilflose Blicke zu. Und dann forderte sie – oft auch nur testweise – irgendwelche Sachen ein, fragte »schenkst du mir das?«, und in den meisten Fällen war die Antwort ihres perplexen Gegenübers einfach »ja«. Die Männer schienen nicht in der Lage zu sein, sich zu wehren. Paula grinste und amüsierte sich darüber, dass Tamara mit ihrer Dreistigkeit so viel Erfolg hatte – zumindest bei kleinen Dingen. Sie setzte sich auf das riesige weiße Wohnzimmersofa und ließ sich Kleidungsstücke vorführen, die Tamara neu erworben hatte. Rosa Wäsche, ein enger Jeans-Catsuit, neue extrahohe Stiefel mit Glitzersteinchen, ein Kleidchen mit einem Mordsausschnitt.

Zwischendurch gab es immer wieder Prosecco und Hinweise darauf, wie gut Tamaras eigener Körper doch immer noch aussah. Paula musste wohl oder übel zustimmen, dass ihre Brüste toll waren, als Tamara sie auspackte, sich direkt vor Paula aufstellte und nach ihrer Meinung fragte. Dann drehte Tamara sich zur Seite, um Paula zu zeigen, wie weit sie doch schon runterhingen und dass eine Brust-OP wohl demnächst fällig wäre.

»Ich kleb sie jetzt immer hoch, so wie Sonya Kraus.«

»Echt? Und, klappt das gut?«

»Klar, so lang man angezogen ist, schon, aber mal schnell ausziehen und übereinander herfallen, ist nicht drin. Sieht ohne Klamotten schlimm aus und das Runterziehen ist echt unangenehm und hinterlässt Spuren.«

»Kann ich mir vorstellen, das tut doch bestimmt richtig weh.«

»Ja, tut es, na ja, deswegen gibt's ja dann bald Schnipp-Schnipp und Stopf-Stopf, dann brauch ich mir über die Hängerei nie wieder Gedanken machen. Vielleicht auch 'ne Labia-Plastik, ich könnte ja sogar meine Muschi verjüngen lassen. Ist gar nicht so teuer und mittlerweile die häufigste OP, hat der Arzt gesagt. Reine Routine.«

Nun bekam Paula Angst davor, dass Tamara ihr auch ihre Körperöffnungen vorführen würde. Also drängte sie darauf, endlich mit dem Frühstück anzufangen: »Hey, ich hab total Hunger, wollen wir nicht mal langsam in die Küche wechseln?«

»Geh schon mal vor und fang an, ich komm gleich nach.«

Paula ließ sich von der Maschine einen Soja-Latte zubereiten und nahm einen großen Bissen von einem der Schoko-Croissants, die verführerisch in einer Glasschale lagen. Als Tamara reinkam, blieb Paula beinahe der Bissen des Croissants als dicker Brocken im Hals stecken, als diese sagte: »Bei Ole ist es seit dem Unfall mit der ganzen Feierei vorbei, oder?«

Paula hielt inne, erkannte dann aber, dass sie schlucken musste, wenn sie nach mehr Informationen fragen wollte. Sie bezwang den breiigen Brocken in ihrem Mund und fragte: »Unfall? Was denn für ein Unfall?«

»Ach, das weißt du gar nicht? Ich dachte, du hättest das schon längst mitgekriegt.« Paula schüttelte den Kopf und sah Tamara fragend an.

»Der Ole ist vor 'ner Weile mit seinem Fahrrad gegen ein Stoppschild gefahren. Der hat jetzt 29 Metallteile in seinem Gesicht.«

»Was? Wie, gegen einen Schild gefahren? Wie passiert denn so was?« Paula lief es kalt den Rücken runter. Was war nur mit ihm geschehen? Sie wusste gar nicht, ob sie mehr darüber hören wollte. Doch Tamara quäkte fröhlich vor sich hin: »Der war wohl beim Sport und hat sich danach mit 'nem Kumpel aus dem Studio betrunken. Dann wollte er mit dem Rad noch zu irgendeiner Schnalle fahren und ist frontal gegen so einen Ampelpfosten geknallt oder ein Stoppschild, ich weiß es nicht mehr genau. Ich glaub ja nicht, dass es bei ihm mit den Frauen weiterhin so gut läuft. Geld hat er auch nicht. Hat sicher nicht mal genug, um sich sein Gesicht am Ende wieder vernünftig herrichten zu lassen.« Nun kicherte Tamara ungehemmt.

Paula dagegen war schockiert und hatte eine vage und sehr unangenehme Ahnung. »Wann war das denn?«, fragte sie und hoffte sehr, dass sich ihre Vermutung nicht bestätigen würde. Tamara sagte: »Hm, lass mich mal überlegen, vor knapp zwei Wochen, denk ich. Muss an 'nem Montag gewesen sein. Keine Ahnung. Ich schätze mal, dass er sich auch nicht mehr erinnern kann, was für ein Tag das war.« Tamara gluckste wieder voller Schadenfreude. Paula war total empört. Dass Tamara oberflächlich war, hatte sie ja schon immer gewusst, aber dass es ihr so viel Spaß machte, über dieses Unglück zu sprechen, verstörte Paula jetzt doch ein wenig und machte die Anwesenheit der anderen für sie unerträglich. Außerdem wurde Paula etwas mulmig zumute, weil sie keinen Zweifel daran hatte, dass Ole am Tag seines Unfalls auf dem Weg zu ihr gewesen war. Konnte das wahr sein? Jetzt war sie froh darüber, dass sie Tamara nichts weiter über die Geschichte zwischen ihr und Ole erzählt hatte. Damals hatte sie eigentlich nur geschwiegen, weil Tamara nichts für sich behalten konnte. Aber nun offenbarte sich retrospektiv ein weiterer guter Grund: Tamara war gehässig und hatte sich in ihren Augen als ziemlich ätzender Mensch entlarvt. »Weiß man denn, wie's ihm geht?«, fragte Paula dann doch noch.

»Ach, ganz gut, der ist ja ständig auf Drogen! Mit den OPs und den Schmerzen muss er ruhiggestellt werden. Das hat Axel zumindest erzählt. Der ist ganz neidisch auf das ganze Zeug, das Ole in die Venen kriegt. Man weiß natürlich nicht, wie er hinterher aussehen wird, aber solange er high ist, wird ihm das auch egal sein.«

»Wahnsinn, was für ein Wahnsinn«, sagte Paula immer wieder. Sie biss nochmals in das Croissant, um nicht reden zu müssen. Sie verabschiedete sich bei der ersten Gelegenheit. Sie brauchte dringend eine Pause. Eine Möglichkeit, ihre Gedanken zu ordnen. Der Prosecco ließ sie taumeln. Ihr war kalt. Doch sie wollte auf keinen Fall nach Hause, auf keinen Fall in geschlossene Räume.

All ihre beruflichen Pläne kamen ihr auf einmal sinnlos vor. Das Leben konnte so schnell vorbei sein! Was sollte man sich da mit so 'nem banalen Kram wie einer Karriere abmühen? Gehen, sie musste gehen. Und atmen. Also ging sie immer weiter, vorbei an den Jugendstilhäusern mit den schicken Einfahrten, an Cafés, Boutiquen und Restaurants, durch das Uni-Viertel, bis sie schließlich an der Alster angekommen war. Sie konnte nicht eher mit dem Laufen aufhören, bis sie die Außenalster komplett umrundet hatte. Nach diesen 7,4 Kilometern nahm sie sich ein Taxi und fuhr erschöpft nach Hause, wo sie sich sofort in ihr Bett fallen ließ.

*

Tine war mit größter Vorfreude zu der auf den verknitterten Zettel gekritzelten Adresse gelaufen, um den heißen Marek zu treffen. Sie betrat einen Hinterhof und wunderte sich darüber, wie grün und ruhig es in der Schanze sein konnte. Sie suchte nach dem Eingang B und schlich sich dazu an einem kleinen Spielplatz und ein paar Bänken vorbei. Dann entdeckte sie ein großes Tor, das wohl mal rot gewesen sein musste und jetzt ziemlich mitgenommen aussah. Sie senkte die rostige Klinke und drückte die schwere Tür nach vorne, mit vollem Körpereinsatz.

Sie sah sich um, bevor sie über die Schwelle trat. Es gab freien Raum, so etwas wie ein Atrium und breite Metalltreppen, die nach oben und unten führten. Es war ziemlich dunkel und kühl.

Tine bekam sofort Gänsehaut, als sie schließlich hineinging. Leicht modriger Geruch strömte ihr entgegen. Sie versuchte, sich zu orientieren, sich für eine Treppe oder Tür zu entscheiden und ging unsicher in kleinen Schritten vorwärts. Schließlich glaubte sie, das Flackern einer Flamme erkennen zu können, und bewegte sich im Dunkeln darauf zu. Je näher sie der Tür kam, desto deutlicher konnte sie menschliche Laute vernehmen. Laute, die nicht Flüstern, nicht Murmeln, aber auch nicht Sprechen waren. Sie waren rhythmisch und wurden immer schneller. Nun stand Tine vor der angelehnten Tür und lauschte, während eine Welle erotischer Schwingungen ihren Körper erfasste.

»Hauch, der durch die Täler zieht, ein Licht, das sie ganz golden sieht«, skandierte eine tiefe Männerstimme, dann setzte ein Chor aus Frauen- und Männerstimmen ein: »Er springt, er singt, ein Reigen, der zwingt.«

Tine steckte ihren Kopf durch die Tür und sah, wie Marek zusammen mit drei Frauen und einem weiteren Mann im Gleichschritt im Kreis ging. Sie atmeten alle gleichzeitig tief ein und sprachen dann weiter. Marek blickte auf, sah Tine und schrie in dem Moment »Sterben«. Alle fielen sofort zu Boden und stöhnten. Als alle gestorben waren, sahen sie fast gleichzeitig zu Tine auf, die ein Kribbeln durch ihren ganzen Körper strömen fühlte. Sie hatte die volle Aufmerksamkeit jeder einzelnen Person in diesem jetzt gespenstisch stillen Raum. Marek war der Erste aus dem Kreis der Toten, der seinen rechten Arm nach Tine ausstreckte, die noch immer im Türbogen stand.

Nach und nach reckten auch alle anderen erst den rechten und dann den linken Arm in Tines Richtung und sahen ihr erwartungsvoll in die Augen. Tine blickte sich kurz verunsichert um, bevor sie den ersten vorsichtigen Schritt auf die Gruppe zu machte. Nein, da war niemand, der sie beobachtete und sich einen Scherz mit ihr erlaubte. Also ging sie weiter, näherte sich den durchdringend fordernden Augen Mareks. Ihre Schritte waren unsicher und ihr wurde etwas schwindelig, während sie sich den ihr bis dahin unbekannten Menschen näherte. Irgendetwas ließ sie darauf vertrauen, dass alles in Ordnung war. Dass sie hier sicher war. Also ging sie weiter.

Alle lagen oder saßen noch immer mit ausgestreckten Armen auf dem Steinboden, das Bild war komplett surreal. Schließlich nahm Tine Mareks Hand und dann die Hand einer der Frauen. Sie hatte volles dunkles Haar, eine markante

Nase und Augen, die so dunkel waren, dass Tine keine Pupillen erkennen konnte. Tine nahm den Geruch dieser Frau wahr – offensichtlich trug sie weder Parfum noch Make-up und war genau deswegen unglaublich erotisch. Ihre Brust hing voll und schwer nach unten; die Brustwarzen waren leicht gehärtet und von außen durch die Kleidung erkennbar.

Marek beobachtete, wie sich langsam Spannung zwischen den beiden Frauen aufbaute, und sah zufrieden aus. Doch Beobachten reichte ihm nicht lange. Also griff er ein und führte Tines Hand an den Körper der Dunkelhaarigen. Alles geschah wie in Zeitlupe. Tine blieb in ihrer Berührung zaghaft und wurde erst, als die Frau ihren Körper gegen Tines Hand drückte, etwas mutiger. Sie strich ihr ein paar Haare aus der Stirn, streichelte das Gesicht der anderen, ließ ihre Hand über Hals und Schultern und dann schon an der Brust entlanggleiten. Alles fühlte sich rund, weich und warm an.

Jetzt merkte sie, dass Marek hinter ihr stand. Er umklammerte ihren Körper und küsste ihren Hals. Tines Skepsis wich nach kürzester Zeit einer totalen Hingabe. Sie versank in Berührungen von Männer- und Frauenhänden, die sie bald nicht mehr zuordnen konnte. Zehn Hände, fünf Münder und Körper schienen sich nichts anderes zum Ziel gesetzt zu haben, als sie zu verwöhnen. Tine hatte jede Beherrschung verloren, ließ sich zu Boden sinken und schloss die Augen. Sie zitterte und begann bald völlig enthemmt zu jauchzen. Ihre Kleidung war schon lange von ihrem Körper verschwunden, ohne dass es sie gestört hätte. Als sie die Augen wieder öffnen wollte, bemerkte sie, dass jemand aus der Gruppe sie verbunden hatte. Jemand leckte in ihrer Armbeuge, ein anderer Mund war mit ihrer Achsel beschäftigt. Hände und Münder bearbeiteten ihre Brüste und ihre Zehen.

Tine zuckte, als eine Zunge ihre Innenschenkel küsste. Ein Finger umspielte ihre Schamlippen, eine Hand bewegte sich an ihrem Anus. Dann waren plötzlich zwei Zungen an ihrer Muschi, eine Hand drang in sie ein. Als etwas in ihren Arsch glitt, bäumte sich ihr ganzer Körper auf. Sie schwitzte, riss ihren Kopf nach rechts und links. Sie konnte die Erregung, all die Empfindungen kaum verkraften. Sie spürte ihre eigene Stimme kraftvoll in ihrer Brust aufsteigen, bevor sie die Geräusche hörte, die sie hervorbrachte. Kehlige Laute, die sie nicht kontrollieren konnte, kamen aus ihrem zitternden, transpirierenden Körper.

Tine hielt sich an einem Nacken fest, als sie sich zum letzten Mal schreiend aufbäumte. Ihr Oberkörper sackte langsam nach hinten, wo er auf einem Frauenschoß landete. Noch immer wurde sie von vielen Händen gestreichelt. Jetzt allerdings in großen Bewegungen, die sie wohl beruhigen sollten. Tine entspannte sich so sehr, dass sie sanft einschlummerte.

*

Leas Plan, früher zu dem Date zu kommen und dann ganz entspannt auf Dave zu warten, ging schief, wie überhaupt alles an diesem Tag. Ihr Gesicht war voller roter Flecke und Stresspickel, sie verschüttete Traubensaft auf ihr Outfit und musste sich im letzten Moment ein anderes aussuchen. Das dauerte natürlich viel zu lange und am Ende war sie so unter Druck, dass sie das mit Make-up und Haaren alles nicht mehr richtig in den Griff bekam. Sie hetzte viel zu spät los und stellte fest, dass sie keine Taschentücher bei sich hatte, um sich den Schweiß aus dem Gesicht zu wischen. Also fuhr sie sich mit den Fingern über Nase und Wangen und erschrak, als ihr

Make-up in glitschigen Schmierern daran kleben blieb. Da sie sich spontan für ein weißes Shirt entschieden hatte, musste sie nun auch noch darauf achten, dieses nicht mit ihren schweißigen Make-up-Händen zu berühren.

Dave hatte am Tag vorher die Verabredung vom Abend auf den Morgen verschoben, ein gemeinsames Frühstück sollte es also werden. Das war Lea anfangs ganz recht, da sie möglichst schnell klare Verhältnisse schaffen wollte. Doch jetzt hätte sie das Treffen gerne vertagt. In die ganz ferne Zukunft. Sie war durch und durch nervös und hätte am liebsten alles abgeblasen. Aber es war zu spät und sie hatte zu lange darauf gewartet. Jetzt oder nie. Und damit gab es keinen Weg zurück. Also trabte Lea vom Bahnhof Altona aus um das Einkaufszentrum Mercado herum.

Sie wollte sich an ihm vorbeischleichen, um sich noch mal schnell auf der Toilette frischzumachen. Aber sie stieß schon vor dem Eingang des Café Flocke mit Dave zusammen. Sie waren einfach ineinandergelaufen und schreckten zurück. »Hi«, brachte Lea heraus, die sich augenblicklich dafür schämte, wie sie wohl aussehen musste. Sie kam gar nicht dazu, Dave anzusehen, entschuldigte sich gleich mit den Worten »Such doch schon mal 'nen Platz aus, ich bin gleich wieder da«. Sie öffnete die Tür, wartete, bis Dave diese für sie hielt und hetzte nach innen. Alles, was sie denken konnte, war »Scheiße, Scheiße, Scheiße!«.

Und nun saß sie ihm gegenüber. Sprach zum ersten Mal seit Ewigkeiten mit ihm. Sie hatte ihn treffen wollen, um die Dämonen zu begraben. Um nicht weiterhin Kevin und Dave miteinander zu vergleichen. Warum Dave *sie* treffen wollte, war ihr nicht ganz so klar. Er stammelte, dass »die Sache mit uns« für ihn nie richtig abgeschlossen war, dass er immer und immer wieder darüber nachdenken musste. Er wollte sich entschuldigen. »Zwischen uns, das war irgendwie was ganz Besonderes.«

Komisch nur, dass er die ganze Zeit über eine Freundin hatte. Und jetzt sogar mit ihr zusammenzog. Aha. Nicht, dass Lea sich darüber beschweren konnte. Schließlich wohnte sie ja mit Kevin zusammen. Lea war mittlerweile cool, relativ. Trank abwechselnd von ihrem Kaffee, ihrem Wasser und dem frisch gepressten O-Saft. Er redete über seinen neuen Plan für eine Ausstellung und hörte einfach nicht mehr damit auf. Ging bis ins letzte Detail über Druckpreise, Bands für die Vernissage und die unmögliche Körperform von Berliner Models. Erzählte, woher die Idee kam, wer seine Partner waren, wie viele Leute in seinem Wohnzimmeroffice für ihn Kunden akquirierten. Er holte kaum Luft, redete, wollte offensichtlich auf keinen Fall eine Pause aufkommen lassen.

Er war dünn geworden. Noch dünner als früher. Glaubte sie. Aber nein, das war keine Einbildung, er war wirklich mager. Sie sprach ihn darauf an. Er sagte, dass er zu viel Stress hätte. Zu viel arbeitete und zu wenig aß. Er nahm eine Traube von seinem Rohmilchkäsefrühstück. So würde das nie was werden, dachte sie sich. Unglaublich, wie nervös er war. Er aß nicht weiter, kein bisschen. Rührte weder den Brotkorb noch seinen Teller an. Sie fing nicht an zu essen, weil er nicht aß. Obwohl sie wirklich hungrig war. So hungrig, dass ihr ganz schummrig wurde und sie fühlte, wie sich Kopfschmerzen ankündigten. Da zeigten sich die destruktiven Auswirkungen der strengen Benimmregeln in der Kindheit. Sie konnte nicht essen, wenn die anderen das nicht auch taten.

Während des hungrigen Rumsitzens erzählten sie sich nur, wann sie sich in den letzten Monaten gegenseitig gesehen hatten, ohne aufeinander zuzugehen und sich zu begrüßen. Es war unglaublich belangloser Smalltalk. Sie saß da, wie sie es seit Monaten gewollt hatte, doch sie fühlte keine Freude. Sie fühlte eigentlich gar nichts. Die Situation wirkte komplett *fake,* wie eine gespielte Szene, in der sich keiner der Beteiligten besonders wohlfühlte. Es war so viel Zeit vergangen. Und wie es schien, hatte sich in der Zeit alles verändert. Sie fand ihn sexuell überhaupt nicht mehr attraktiv. Noch nicht einmal sein Geruch begeisterte sie wie damals.

Trotzdem wollte sie gerne seine Hand nehmen, damit er sich entspannte. Ihm sagen, dass sie wusste, dass er kein schlechter Mensch sei, egal, was vorgefallen war. Irgendetwas in ihr wollte ihn trösten, etwas in ihm heilen. Sie wollte nicht mit ihm schlafen. Dennoch betrachtete sie seine Lippen und wollte gerne fühlen, wie es war. Ob es auch heute noch so sein würde. Würde sich etwas ändern, wenn sie sich jetzt küssten? Würde sie die alte Magie noch einmal fühlen? Würde sie sich wieder ihren Weg bahnen und sie beide einfach schachmatt setzen?

Doch im Grunde war ihr klar, dass sie ihm gar nicht näher kommen wollte. Ihre Intuition sagte ihr eher, dass sie noch weiter von ihm wegrücken sollte. So schnell wie möglich. Sie sah ihn jetzt ganz klar vor sich – ungetrübter als früher. Wahrscheinlich zum ersten Mal. Keine rosarote Brille, keine Hoffnung auf ein Happy End. Nur ein Staunen darüber, was dieser Mann alles in ihr ausgelöst hatte.

Und trotzdem war da noch immer etwas wie Liebe für ihn in ihr, auch wenn sie das nicht wollte und nicht verstehen konnte. Sie wehrte sich nicht dagegen, aber sie wollte es ihm auch nicht zeigen. Weil sie auf einmal mit Bestimmtheit wusste, dass sie nicht zusammen glücklich werden könnten – auch wenn sie sicher war, dass man ihn dazu hätte bringen können, einen Versuch zu wagen. Seine Freundin zu betrügen, von der er sagte, dass es mit ihr weiterhin Probleme gäbe. Dass sie wahrscheinlich wieder ausziehen würde. Die Freundin war Lea komplett egal, denn sie selbst hatte die älteren Rechte. Und was sie beide hatten, konnten Dave und die Tussi gar nicht haben! Glaubte sie. Wusste sie.

Oder war es möglich, dass es sich zwischen diesen beiden genauso anfühlte? Das konnte Lea sich wiederum kaum vorstellen, könnte den Gedanken daran gar nicht ertragen. Sie selbst hatte so etwas Bombastisches vorher nicht erlebt, es sich noch nicht einmal erträumen können. Und danach ließ sich nichts mehr mit diesem Gefühl vergleichen. Gar nichts.

Der Small Talk ging weiter. Etwas war seltsam. Dave stellte Lea permanent Fragen, die sie ihm längst schon beantwortet hatte. Also erzählte sie ihm aufs Neue, welche Sportarten sie in ihrem Leben betrieben hatte, dass sie in der Karibik gewesen war und was sie nun eigentlich genau studierte. Während sie redete, suchte sie nach einem Zeichen in seinem Gesicht. Nach einem Anhaltspunkt dafür, dass er sich an irgendetwas erinnerte. Sie wartete auf ein »ach ja« oder ein »stimmt, hast du ja schon erzählt«, aber er lauschte nur und guckte interessiert. Dann fing er an zu sprechen: »Ich war ja auch mal in Benin mit meiner damaligen Freundin. Ich hab sie sogar dort verlassen, das war kein schöner Urlaub.«

Lea wusste genau, wie die Geschichte weiterging, sie erinnerte sich an den Wortlaut von einem der Abende, an denen er lang und breit sein Herz ausgeschüttet hatte, und fühlte sich komplett verarscht. Der Typ hatte nur sein Standardprogramm drauf und interessierte sich einen Scheiß für sie! Er fakte Interesse, fakte Vertrautheit und fakte auch seine Spiritualität. Das wurde spätestens deutlich, als er ankündigte, seine Dreads abzuschneiden, als wären sie nur Teil einer Frisur. Da war nichts Echtes an diesem Typ. Nicht mal an den Inhalt der letzten E-Mails schien er sich wirklich erinnern zu können.

Dave behielt permanent die Ausgangstür im Sichtfeld und verdrehte manchmal in einer seltsamen Weise die Augen. Lea fragte sich, ob das daran lag, dass er vor dem Treffen »bei einem Kumpel eine Tüte geraucht« hatte. Plötzlich kiffte er also auch noch! Dabei hatte er immer betont, dass er im Kopf klar bleiben wollte, um seine Ziele zu erreichen und nicht viel von Drogen hielt. Das unangenehme Treffen endete nach eineinhalb Stunden mit einem relativ unverbindlichen Abschied. »Wir sehen uns«, sagte Dave vor der Ausgangstür.

Lea sagte: »Ja, bestimmt« und konnte einen gewissen sarkastischen Unterton nicht vermeiden. Dann lief sie wie benommen durch Altona und versuchte zu verstehen, was eigentlich gerade geschehen war.

So lange hatte sie auf diesen Moment gewartet und nun war die Zeit mit Dave so unspektakulär und nichtssagend verstrichen. Sie dachte an Kevin, der ihr zuhörte und oft der Verzweiflung nahe versuchte, ihr Aufmerksamkeit zu schenken und alles recht zu machen. Dass sie ihn betrogen hatte, war gar nicht mehr wahr. Das musste ein anderer Mensch gewesen sein. Nicht sie. Nicht mit Dave. Nein, das konnte gar nicht passiert sein.

Lea rief bei Paula an, die ihr als neugeborene Anpackerin sicherlich helfen konnte. Doch als Paula das Gespräch annahm, wurde schnell deutlich, dass sie auch komplett durch den Wind war: »Oh, wie gut, dass du anrufst! Hast du zufällig Zeit, können wir uns treffen?«, sagte sie ohne zu fragen, warum Lea anrief und was sie eigentlich wollte. Doch das war Lea recht. So konnte sie sich noch ein bisschen darauf vorbereiten, jemandem von diesem schrägen Treffen zu erzählen.

*

Schon fünfzehn Minuten später trafen Paula und Lea sich im Wohlers Park. Die verwinkelte Grünanlage befand sich auf der Fläche eines alten Friedhofs. So standen Wegwerfgrills auf alten Grabsteinen und Leute aus dem Viertel übten Tai-Chi über jahrhundertealten Begräbnisstätten. Lea und Paula entschieden sich für eine Bank vor einem überdimensionalen Schachfeld und setzten sich etwas ungestüm darauf. Paula zündete sich eine Zigarette an und nahm einen tiefen Zug.

»Hattest du nicht gerade aufgehört?«, fragte Lea überrascht.

»Ja, schon. Aber jetzt muss das einfach sein.«

Lea überlegte kurz, ob sie sich bei diesem seltsamen Anlass nicht auch gleich eine anstecken sollte, doch ihr war schnell wieder klar, dass das nun wirklich niemandem etwas gebracht hätte. »Bei dir ist also auch was passiert?«, fragte sie und wollte mit dem »auch« bewusst implizieren, dass sie ebenfalls Redebedarf über ihr eigenes Erlebnis hatte. Paula nahm das »auch« nicht wahr und begann sofort zu erzählen: »Erinnerst du dich daran, als ich mit Ole verabredet war? Vor ein paar Wochen? Die eine Nacht, wo er nicht gekommen ist? Weißt du noch?« Sie redete hektisch und machte keine Pause, in der Lea hätte antworten können. Es wirkte, als hätte sie einen Asthmaanfall oder würde aus anderen Gründen beinahe ersticken. Zum Luftholen kam sie nicht und wurde zunehmend rötlich im Gesicht. »Da wollte Ole doch nach dem Sport zu mir kommen und ich wollte endlich mit ihm reden und so. Weißt du noch? Aber da kam er nicht. Und hat sich nie wieder gemeldet. Und ich dachte, der hatte keinen Bock oder so. Und dann hab ich doch gesagt, ich mach jetzt Schluss mit diesem Männerscheiß und dann kümmere ich mich endlich nur noch um meine eigenen Sachen. Und das war toll und jetzt hör ich, dass vielleicht alles ganz anders war, als ich dachte.«

Lea hatte langsam genug von diesem atemlosen Gestammel und sagte: »Okay, jetzt ist aber erst mal Runterkommen angesagt. So macht das alles gar keinen Sinn. Und übrigens hab ich gerade Dave getroffen. Darüber können wir uns sonst auch mal unterhalten, bis du dich wieder beruhigt hast.«

Paula ließ ihren Zigarettenstummel fallen und sah ihrem eigenen Fuß dabei zu, wie er die Kippe platttrat. Die Unterbrechung ihres Redeflusses irritierte sie, sodass sie kurz darüber nachdachte, ihre Wut erst mal an Tine auszulassen. Doch sie besann sich schnell auf das eigentlich wichtige Thema und fuhr fort: »Sorry, hast ja recht. Also, kannst du dir vorstellen, was passiert ist? Ole hatte einen Unfall.«

»Was für einen Unfall?«

»Er ist betrunken mit seinem Fahrrad gegen einen Pfahl geknallt oder ein Stoppschild oder irgendwas. Kannst du dir das vorstellen?«

Lea musste schmunzeln, korrigierte ihren Gesichtsausdruck aber schnell, weil sie deutlich sehen konnte, wie betroffen Paula war. »Dafür muss man aber wohl *richtig* betrunken sein, oder?«

»Ja, der hatte wohl so ein paar Promille.«

»Und war's schlimm? Alles in Ordnung?«

»Eben nicht, der hat sich sein ganzes Gesicht zerschmettert und hat jetzt fast dreißig Metallteile drin.«

»Dreißig? Alle im Gesicht? Das geht?«

»Keine Ahnung. Scheint so.« Paula nestelte die nächste Zigarette aus der Packung und steckte sie in ihren Mund, ohne sie anzuzünden.

»Hat aber schon was Tragikomisches. Der war doch so auf sein Äußeres fixiert, oder? War der nicht sogar regelmäßig bei der Kosmetik?«

»Ja, der hat alles gemacht, was man tun kann, um sich zu pflegen. Das mochte ich ja auch an ihm. Ich hab nie jemanden gesehen, der so makellos war. Vielleicht muss er jetzt einfach seine Lektion lernen. Vielleicht hat er den Auftrag bekommen, andere Qualitäten in sich zu entdecken.«

Lea kicherte: »Oder er wird mit Hässlichkeit dafür bestraft, dass er so viele Frauen verarscht hat. Wer weiß, vielleicht hat sogar eine der Abgelegten was an seinem Rad gefummelt. Oder ihm eine über die Rübe gehauen. Wenn er so lädiert ist, kann er sich ja wohl nicht mehr an Details erinnern, oder?«

Paula musste jetzt auch lachen, aber mehr über Lea, die immer eine weltliche Begründung für die Dinge suchte, die für sie eindeutig in spirituellen Sphären begründet lagen. Lea und Paula lachten beide gemeinsam, auch wenn sie dafür unterschiedliche Gründe hatten. Wobei es beiden half, die Verwirrung und die Schwere abzuschütteln.

Als Paula wieder Luft bekam, sagte sie: »Ich bin ja fast froh, dass ich ihm nicht noch meine alte Liebesansprache vorgesetzt hab, das wär ja echt peinlich geworden.«

»Ja, oder er hätte jetzt, wo's ihm schlechtgeht, doch erkannt, dass er dich mag, damit sich dann jemand um ihn kümmert. Nee, nee, sei froh, dass du den los bist!«

»Ja, stimmt schon. Es war nur trotzdem ein Schock, das zu hören. So was passiert doch nicht!«

»Letztlich zeigt das nur, dass das Leben auch schnell wieder vorbei sein kann.«

»Stimmt, hab ich auch gleich gedacht. Ich mach morgen sofort einen Termin zur Gründungsberatung. Nicht, dass ich sterbe, bevor ich meine eigene Firma habe.« Jetzt zündete sie ihre Zigarette doch an, mit der sie in den letzten Minuten nur gespielt, die sie immer wieder zwischen ihre Lippen geschoben und dann wieder in die Hände genommen hatte. Nach dem ersten Zug schien sie sich auch an andere Themen zu erinnern: »Aber, sag mal, wie war's denn jetzt mit Dave?«

»Total seltsam. Mir ist aufgefallen, dass er im Grunde ein fremder Mensch ist. Der kannte mich gar nicht. Und ich ihn wohl auch nicht. Da war irgendwie gar nichts zwischen uns.«

»Überhaupt nichts?«

»Nö. Ich hab ihn angestarrt und mich gefragt, was ich vorher in ihm gesehen hab. Er hat Mitesser auf der Nase und echt zu viele Haare überall. Und wir konnten kein bisschen miteinander reden. Es war echt unangenehm.«

»Das hätte ich jetzt aber nicht erwartet. Ich dachte, ihr stürzt euch aufeinander und reist dann ab in die Blue Mountains.«

»So ähnlich hatte ich mir das auch vorgestellt. Ich weiß nicht, was mich da geritten hat.«

»Dave jedenfalls nicht, sonst wäre da nicht so viel Platz für Illusionen gewesen. Außerdem hab ich dir ja schon oft gesagt, dass Kevin und dich so viel Wärme umgibt. Das sah bei dem Rastaman nicht so aus.«

»Ach, der ist ja noch nicht mal ein Rastaman! Für ihn sind seine Haare nur 'ne Frisur! Er will sie vielleicht demnächst abschneiden, um mal was Neues zu probieren. Was für ein Idiot!«

»Sag mal, so hast du doch sonst nur über Weiße gesprochen, wenn die Dreadlocks hatten.«

»Ja – und offenbar gehört Dave in ’ne ähnliche Kategorie. Total seltsam. Vielleicht ist er so, weil er adoptiert wurde. Der hat seine Eltern nie kennengelernt, weiß noch nicht mal, woher sie kommen. Wahrscheinlich konnte er sich nie mit seinen Wurzeln befassen. Der Arme! Und jetzt verkleidet er sich mit Dreads wie jeder x-beliebige Volltrottel.«

Paula verstand nicht ganz, was Lea meinte, und zündete sich eine weitere Zigarette an. Nach wenigen Zügen warf sie sie auf den Boden und trat energisch darauf. »Bin ich bescheuert, ich werd doch nicht wegen diesem Typ wieder mit dem Rauchen anfangen!«

»Das find ich aber auch! Wir lassen die Schachtel einfach hier liegen. Da wird schon irgendein verpeilter Kiffer vorbeikommen, der sie gebrauchen kann.«

Lea hatte schnell die Chance ergriffen und versucht, eine weitere Person in ihr Asketenlager zu holen. Sie war sich noch nicht sicher, was das heutige Erlebnis in Bezug auf Kevin bedeutete, aber sie wusste, dass Dave darauf keinen Einfluss mehr hatte. Diese Seifenblase war zerplatzt und sie würde entscheiden müssen, ob sie sich nun wirklich wieder auf Kevin einlassen wollte. Dave stand als Ausrede jedenfalls nicht mehr zur Verfügung.

*

Tine erwachte erfrischt in einem großen flauschigen Bett und streckte sich ausgiebig und geräuschvoll. Sie bemerkte nicht einmal, dass sie grinste, während sie sich in dem großen weiten Raum umsah. Sie war allein. Ihre Kleidung hing ordentlich über der Lehne eines Stuhls. Sie stand auf und zog sich wieder an. Ihre Beine waren noch ganz zittrig. Überall lagen und standen Requisiten herum: Möbel, Stoffe, Kissen, Schaufensterpuppen. Tine schnappte sich ein transparentes Tuch und tanzte damit beschwingt durch das Zimmer. Sie war erfüllt. Sie war frei. Sie hatte keine Ahnung, wie ihr Leben jetzt weitergehen würde, aber sie wusste, dass es nie wieder so belanglos sein würde wie früher. So intensiv hatte sie es noch nie zuvor gespürt. Mit ihrem Job im Solarium würde sie sich jedenfalls nicht weiterquälen. Sie dachte tanzend darüber nach, blieb dann aber plötzlich stehen. Was war heute eigentlich für ein Tag? Wie spät war es denn?

Sie zog panisch ihr Handy aus ihrer Tasche und stellte fest, dass sie schon seit Stunden im Sonnenpunkt hätte sitzen müssen. Und dass sie bereits fünf Anrufe von Aron verpasst hatte. Sie hängte ihre Tasche über die Schulter, nahm ihre Jacke in die Hand und stürmte aus dem Raum. Sie irrte durch die dunklen Hallen des Gebäudes, bis sie den Ausgang wiederfand. Als sie in Richtung Feldstraße rannte, war die wunderbare Entspannung komplett von ihr gewichen.

Das Studio war bereits geöffnet und ihr Chef Aron lief angespannt Kreise im Vorraum. Er hatte die Arme hinter seinem Rücken verschränkt. Als er aufsah, begann er auch schon zu schimpfen, als wäre er ein frisch aufgezogenes Spielzeugauto und müsste jetzt mit voller Kraft nach vorne preschen. Tine hatte keine Möglichkeit, sich zu entschuldigen oder eine Ausrede vorzubringen. Sie sah sich alles wie eine unbeteiligte Beobachterin an. Das Gesicht ihres Chefs war beinahe schon violett und Tine wurde klar, dass sie sich gar nicht mehr anzustrengen brauchte. Es wäre die reinste Zeitverschwendung gewesen, den Schimpftiraden etwas entgegenzusetzen.

Sie ging zur Tür und trat durch dic Glastür nach draußen. Und da war es plötzlich wieder: das wunderbare Gefühl von

Freiheit und Lebendigkeit. Ein weiteres Stück Ballast war abgeworfen und das fühlte sich einfach nur großartig an. Sie sah die Welt mit ganz neuen Augen, roch und fühlte alles ganz intensiv.

Tine ging in den Schanzenpark, um dem Gras beim Wachsen zuzusehen und vielleicht den einen oder anderen Bekannten zu treffen. Sie wollte auf jeden Fall Menschen begegnen und ihr Glück genießen. Doch im Schanzenpark erlitt sie einen Schock. Sie hatte von dem feinen Hotel gehört, das dort gegen den erbitterten Protest der Schanzenbewohner erbaut werden sollte. Sie hatte sich nie sonderlich für diesen Aufruhr interessiert. Für sie waren die Protestierenden immer nur Leute gewesen, die sich gern und über alles beschwerten. Für sie spielte es damals keine Rolle, ob ein paar Touristen mehr oder weniger im Viertel herumliefen. Aber nun sah sie mit eigenen Augen, was die Protestler befürchtet hatten. Oder vorhergesehen. Der Park war jetzt antiseptisch. Früher war das ein Ort gewesen, an dem die Vielfalt des Viertels deutlich zu spüren gewesen war. Ein Ort, an dem bei schönem Wetter Jugendliche, Familien und Angehörige jeder Szene saßen, lagen oder spazierten. Punks grillten neben Pädagogen, Hunde liefen frei herum. Es gab Musik, Ballspiele und zwischendurch immer wieder den Geruch von Marihuana. Hier konnte man durchatmen, sich mit einem Buch ins Gras legen und sorgenfreie Gespräche mit interessanten Menschen führen.

Jetzt waren die Wege betoniert, alles war plattgewalzt, Polizeibusse patrouillierten, aus denen sportliche Männer den verbliebenen Schanzenanwohnern finstere Blicke zuwarfen und, wie ihr jemand erzählte, immer wieder seltsame oder gar nicht begründete Personenkontrollen durchführten. Es war wie ein für Reiche angelegter Schlosspark rund um das neue Luxushotel, nicht mehr ein freier Raum für alle, die in der Schanze lebten oder sich gerne dort aufhielten. Die Touristen hatten offensichtlich Vorrang. Plötzlich verstand Tine, was Lea immer mit »Gentrifizierung« gemeint hatte und was daran so gefährlich war. Die Schanze wurde nach und nach zu einem elitären Raum, sodass alles, was sich dort an Subkultur friedlich entwickelt hatte – oder hart erkämpft worden war –, dem Konsum und den erwünschten Mittelklasseleuten weichen musste. Alles, was in einer Tourismusbroschüre nicht schön aussah, musste verschwinden. Wohin, war egal, aber auf jeden Fall weit weg.

Alteingesessene Bewohner würden gehen müssen, es gäbe keinen freien Raum mehr, die Polizei würde das Viertel nach und nach von allem säubern, was nicht ins schöne Bild passte. Sie dachte an die Fixerstube Fixstern zurück, die für ein Café Platz gemacht hatte, und glaubte plötzlich auch hier zu verstehen, weshalb viele darüber so empört gewesen waren. Sie spürte ohnmächtige Wut in sich aufsteigen. Tine war gleichzeitig froh und frustriert. Froh, weil sie jetzt anfing, einige Zusammenhänge zu begreifen, und frustriert, weil so vieles in ihrem direkten Umfeld falsch lief. Sie fragte sich, was man dagegen tun könnte, ob das Viertel überhaupt noch zu retten war. Die Machtlosigkeit, die sie empfand, war überwältigend. Es war Zeit für eine Intervention unter Freundinnen, also rief sie Lea an, die noch mit Paula im Wohlerspark saß. »Treffen wir uns in der Mitte und gehen in den Florapark?«

Lea und Paula stimmten zu. Also schlenderte Tine nachdenklich über Susannenstraße und Schulterblatt wieder in den Florapark. Sie war seit ihrem nächtlichen Erlebnis mit Max nicht wieder hier gewesen. Bei Tageslicht erinnerte nichts an die erotische Stimmung, die damals hier geherrscht hatte. Jetzt war es friedlich und sogar ein bisschen heiter.

Wenigstens fühlte es sich noch so an, als könnten die Leute unbehelligt die Sonne genießen, wobei es hieß, dass auch hier immer häufiger Polizisten die Ruhe störten. Eigentlich war der Florapark auch nur winzig und nicht mehr als ein kleiner Flecken Gras. Ein Park, der auf einem Bauplatz von Bewohnern des Viertels in Eigenregie angelegt worden war. Es gab einen eingezäunten Spielplatz, eine Kletterwand und ein Basketballfeld.

An einem Ende schloss der Florapark an die Rote Flora an, die immer häufiger als Keimzelle ominöser »Chaoten« in den Medien auftauchte und als Ort dargestellt wurde, der mitunter gestürmt werden musste, um die öffentliche Sicherheit zu schützen.

Wenn man auf der Schanze lebte, wusste man dagegen, dass sie ein selbst verwalteter Ort war, an dem von veganen Kochsessions bis zu Solikonzerten und politischen Treffen viele konstruktive Aktionen stattfanden, die sich auch zum Ziel gesetzt hatten, die Preisexplosion in der Schanze und die daraus resultierende Vertreibung derjenigen, die sich das Leben in diesem plötzlich hip gewordenen Stadtteil nicht mehr leisten konnten, zu verhindern.

Tine setzte sich auf die Bank, auf der sie damals mit Max zugange gewesen war, und musste grinsen. Mit dieser Bank und dieser Nummer hatte schließlich irgendwie alles begonnen.

Seitdem hatte sich etwas in ihr geöffnet, das sie jetzt ihr ganzes Leben anders betrachten ließ. Sie machte sich keine Sorgen mehr, sie war nicht mehr ungeduldig, sie war einfach nur glücklich über all die Empfindungen, die ihr Körper ihr ermöglichte, und freute sich auf die nächste besondere Begegnung mit einem oder mehreren besonderen Menschen. Es konnte nur aufregend weitergehen, das wusste sie einfach.

Sie sah sich in dem Park um und betrachtete die unterschiedlichen Szenen: eine Gruppe von Rastas, Trommler, ein paar Jugendliche, die wahrscheinlich versuchten, ganz unauffällig einen Joint zu bauen und sich immer mal wieder nervös umsahen. Es war toll hier, wenn die Sonne schien. Und es war sexy, wenn die Nacht angebrochen war. Love, Peace and Harmony. Und schon kamen Lea und Paula angetrabt. Lea begrüßte Tine und sagte sofort: »Das ist aber nicht *die* Bank, oder?«

Tine grinste ertappt und Lea schlug vor, sich doch lieber ins Gras zu setzen. Als sie sich nach einem guten Platz umsah, entdeckte sie das gutmütige Gesicht ihres menschlichen Schutzengels und beschloss, ihren einstigen Plan endlich in die Tat umzusetzen und etwas über ihn herauszufinden. Er strahlte übers ganze Gesicht, als sie auf ihn zukam. Er schien sich nicht zu wundern, sondern wies ihr mit seinen Händen wie ein Geistlicher einen Platz zu. »Bless you, Sister«, sagte er und strahlte sie weiter an. Er trug eine große bunte Mütze, unter der er all seine Haare verbarg. Wie immer fühlte Lea sich sehr wohl und entspannt in seiner Gegenwart, obwohl solch direkte Blicke sie normalerweise nervös machten. Hier hielt sie stand. Es war sogar angenehm. Sie sagte: »Ich bin Lea«, und streckte ihm eine Hand entgegen.

»Ich bin Jah-Free. Du warst in der letzten Zeit nicht hier.« Lea wunderte sich nicht darüber, dass Jah-Free sie offensichtlich ebenfalls immer wieder wahrgenommen hatte und entgegnete: »Nein, ich hatte 'ne Menge zu tun und musste ziemlich viel nachdenken.«

Jah-Free sagte: »Das nächste Mal, wenn du nachdenken musst, setz dich nicht in einen Raum. Komm an einen Ort im Freien, an einen Ort, der Energie hat. Bessere Energie, besseres Ergebnis!« Er lächelte wieder übers ganze Gesicht.

»Ist der Park ein guter Ort dafür?«, wollte Lea wissen.

»Ja, deswegen sitzen wir hier. Er ist wie eine Insel.«

»Ich wäre auch gern auf einer Insel«, seufzte Lea sehnsüchtig.

»Du bist genau da, wo du sein musst, und deine Insel wirst du auch finden. In dir. Und dann siehst du auch klar, Schwester.«

Nun tippte jemand Jah-Free auf die Schulter, sodass er sich von Lea abwandte. Also kehrte sie zu ihren Freundinnen zurück, die mittlerweile schon in ein Gespräch vertieft waren. Sie setzte sich dazu und dachte nach. Dieser Tag hatte viel verändert.

Kapitel 7

Insel-Abenteuer

Lea war wieder zurück in Kevins Wohnung, ihrem Übergangszuhause. Ihr Gefühl war jetzt ganz eindeutig: Es war dort einfach zu eng für sie. Das war nicht ihre Insel, konnte es gar nicht sein. Das war nur seine. Seine Bilder an den Wänden, seine Lebensmittel im Vorratsschrank, seine Erinnerungen in jedem Winkel jedes Zimmers. Jeden Kleiderhaken, jedes Regalfach hatte sie sich hart erkämpfen müssen und letztlich war der Großteil ihrer Habseligkeiten in Kartons verpackt geblieben und wartete in einem Keller in der Schanze auf ihren nächsten Umzug. Der Geruch in der Wohnung verriet, dass hier ein Raucher lebte, der seine leeren Pizzakartons zu lange in Küche und Wohnzimmer stapelte. Kein Meeresrauschen, keine Insel.

Jetzt sah sie ganz klar, dass auch Kevin nicht der Mann war, mit dem sie die entscheidenden Schritte ihres Leben machen konnte. Mit ihm war das wie mit seiner Wohnung, nur eine vorübergehende Phase. Vielleicht machte sie es sich selbst zu schwer, indem sie stets aus allem etwas Großes machen wollte. Etwas, das für immer halten sollte. Vielleicht würde der richtige Mann ja noch kommen. Und bis dahin könnte sie dafür sorgen, dass es ihr so richtig gut ging. Es sich zumindest ein bisschen gemütlicher machen, als es hier war, und sich ihren eigenen Platz schaffen. Auch wenn sie nicht lange in Kevins Wohnung bleiben wollte, war sie nicht mehr bereit, eine hässliche Umgebung zu akzeptieren, in der sie und ihre Sachen nur Gäste waren. Schließlich zahlte sie die Hälfte der Miete. Als Erstes begann sie damit, kleinere Möbel und herumliegenden Kram aus dem Schlafzimmer ins Wohnzimmer zu schieben und die Wände von den Bildern zu befreien. Sie wollte den Raum streichen und die vergilbten Wände mit frischem Weiß überdecken. Sie sah sich nach weiteren Gegenständen um, die sie verschwinden lassen musste, bevor sie das Bett abdecken und mit dem Malen beginnen konnte, da fiel ihr Blick an die Decke. Der Spiegel musste natürlich auch weg, die Decke hatte definitiv frische Farbe nötig. Daher stieg sie auf das Bett und entfernte die dicken Metallkabel, mit denen der runde Spiegel angebracht war. Auf der Rückseite hatte sich eine beachtliche Staubschicht gebildet, in der auch tote Insekten lagen. Mit einiger Mühe bekam Lea das Ding auf den Boden, ohne es fallen zu lassen, und brachte es ins Wohnzimmer, um es zu säubern.

Sie ekelte sich wahnsinnig und ließ sich danach erst mal aufs Sofa fallen. Sie war kaputt. Der viele Dreck verursachte ein ungutes Gefühl. Ein Gefühl, als könnte dies niemals ein Ort werden, in dem sie ankommen würde. In dem sie sich auch nur ein Stück weit wohlfühlen könnte. Aufgeben erschien fürs Erste die beste Option zu sein. So richtig viel Sinn machte ihr Einsatz jedenfalls nicht. Also verschob sie das Streichen auf den nächsten Tag. Bei Tageslicht war die Arbeit sowieso viel leichter. Sie ließ sich müde ins Bett fallen, das nun einsam in der Mitte des kleinen Schlafzimmers stand. Darüber nachsinnend, dass Kevin am nächsten Tag aus seinem Kanu-Urlaub zurückkehren würde und sie keine Ahnung hatte, wie sie auf ihn reagieren sollte, lag sie noch eine Weile wach.

Was hatte sie eigentlich bei Dave gesucht? Was fehlte ihr in der Beziehung zu Kevin? Da fielen Lea einige Dinge ein. Sie wollte so gerne mit jemandem zusammen sein, der ihre Interessen, ihre Neugier teilte. Jemand, der auch spirituell war und viel mit ihr gemeinsam hatte. Zum Beispiel den Wunsch, in den nächsten Jahren eine Familie zu gründen. Sie hatte keine Lust mehr, sich wie eine Mutter um die Probleme ihres Freundes zu kümmern, sie wollte lieber selbst Kinder haben. Mit einem erwachsenen Partner. Das ging mit Kevin nicht. Das war Kevin nicht.

Mit all diesen Gedanken schlief Lea schließlich ein und träumte von den Worten, die Jah-Free ihr mit auf den Weg gegeben hatte, von der Insel, die sie finden würde, und dem tiefen, blauen Meer, das rhythmisch gegen einen Felsen klatschte. Von Salzgeruch und Wind, der ihre Haare fliegen ließ. Sie wachte auf, als sie Kevins Lippen an ihrer Wange spürte. Als sie die Augen aufschlug, strahlte er sie an und sagte: »Hey Baby, du hast mir so sehr gefehlt!« Lea streckte sich und sah benommen den Mann an, der ihr in diesem Moment wie ein Fremder vorkam. Kevin war voller Energie und kündigte eilig an, er würde Frühstück vorbereiten, und ging gleich in die Küche, um Kaffee zu kochen. Lea fand ihn süß. Ob das Liebe war? Da kam er schon wieder reingestürmt und sagte: »Hey, ich hab dieses Öl mitgebracht. Wie wär's mit einer Massage, mein Engel?«

Lea hörte mit dem müden Grübeln auf und ließ sich von Kevin, der es immer total niedlich fand, wenn seine Freundin noch schlaftrunken war, von Decke und Bigshirt befreien. Sie schloss ihre Augen und schlummerte beinahe wieder ein, als Kevin sich auf ihren Hintern setzte und mit seinen eingeölten Händen große Kreise über ihren Rücken zog. Er streichelte, knetete und arbeitete sich Stück für Stück seitlich zu ihren Brüsten und nach unten zu Leas Hintern vor. Die Bewegungen wurden kräftiger und Lea begann damit, ihren Körper gegen seine Hände zu drücken. Wohlige Schauer durchströmten sie und sie genoss es mit geschlossenen Augen. Kevin beugte sich zu ihr hinunter und legte sich mit der Schwere seines ganzen Körpers auf Lea, während er an ihren Armen entlangknetete. Es dauerte nicht lange, bis er ihren Slip entfernt hatte und nach kurzem Widerstand von Lea ein Kondom überstreifte.

»Ja, Frau Polizei«, sagte er und stieß kurz darauf mit seinem Schwanz in sie hinein. Lea wurde langsam etwas wacher und wollte sich umdrehen, damit sie ein wenig mehr von der Sache haben könnte. Sie blickte zur Decke und erschrak fast darüber, dass da kein Spiegel mehr hing. Da war nichts, was sie anstarren, worauf sie sich fixieren konnte. Langsam und widerwillig senkte sie den Blick auf Kevin, der mit einem aufgeregten Lächeln an und in ihr zugange war. Sie sah ihm, noch immer unbeteiligt, dabei zu, wie er sich selbst beim Vögeln beobachtete. Er stützte sich meistens auf eine Weise mit den Armen ab, dass sein Sichtwinkel ideal war. Alles in Nahaufnahme.

Lea und ihre Freundinnen nannten das Porno-Producer-Style. Um das Fühlen schien es nie zu gehen, nur um die Optik. Auch wenn es Kevin wahnsinnig geil machte, wenn Lea erregt war oder kam, wusste er nicht, was er selbst dazu beitragen konnte. Und er schien sich auch nicht sonderlich dafür zu interessieren. Lea konnte die Sache natürlich selbst in die Hand nehmen. Sie wusste genau, wie sie sich selbst berühren oder ihn positionieren musste, um einen Orgasmus zu haben. Aber es gab ihr schon zu denken, dass er sich selbst nicht darum bemühte. Er machte erregte Geräusche, ohne ihr auch nur ein einziges Mal ins Gesicht zu sehen. Lea starrte ihn an und konnte es nicht fassen. War es schon immer so gewesen? Hatte er immer nur ihren Körper gesehen und sie wie eine Gummipuppe penetriert?

Lea konnte nicht mehr nach oben sehen und im Spiegel auf Muskeln achten und dabei ihre Gedanken abschweifen lassen. Sie musste sich das ganze Elend, das ihre Beziehung ausmachte, direkt ansehen. Kevin bewegte weiterhin seine Hüfte, während er sich mit den Händen auf dem Bett abstützte. Er sah sie nicht an, er fasste sie nicht an, aber irgendwann sagte er: »Jetzt musst du mal, ich kann nicht mehr.«

Er rollte sich zur Seite und versuchte Leas Körper umzudrehen, sodass sie auf ihm saß. Lea starrte ihn weiterhin benommen an. Merkte er denn gar nichts? Als sie nicht mitmachte, packte er sie etwas heftiger an der Hüfte und versuchte, sie auf seinen Körper zu ziehen. Lea ließ sich neben ihm auf den Hintern fallen, kämpfte sich aus dem Bett und ging ins Bad. Sie drehte sich nicht nach Kevin um, der zunächst stumm liegen blieb und dann »Hey, was soll denn das?« rief.

Lea konnte gar nicht glauben, dass er wirklich nachfragte. Nun endlich verstand sie: Ihm war es nie um Lea gegangen. Er sah sie nämlich gar nicht. Nicht als Mensch, nicht als Frau. Er wollte bloß mit ihr an seiner Seite gesehen werden. Er mochte das Bild von ihm und ihr. Genau wie sie sich am Bild von Dave festgehalten hatte.

Lea strich Conditioner in ihre Haare und ölte ihre Kopfhaut ein. Plötzlich verstand sie etwas. Die Wahrsagerin hatte recht gehabt: Es ging in ihrem Leben momentan gar nicht um Männer. Die hatten bis gerade eben viel zu viel Raum eingenommen. Aber das war jetzt vorbei. Sie wusste, was zu tun war. Sie würde eine Tasche packen und Kevin auf der Stelle verlassen. Sie hörte Kevin aus weiter Ferne brüllen: »Was geht denn jetzt ab, bitte?«, doch sie reagierte nicht. Er war für sie zu einem komplett fremden Menschen geworden. Hatte sie mit dem tatsächlich die ganze Zeit verbracht? In den hatte sie so viel Mühe und Energie investiert? All das erschien Lea nicht mehr real, gar nicht mehr möglich. Sie war schon viel zu lange hier!

Sie ging zurück ins Schlafzimmer, wo Kevin noch immer verwirrt auf dem Bett saß, sammelte wortlos Kleidungsstücke zusammen, zog sich an und packte anschließend einige Teile in eine Reisetasche.

»Hey, was geht denn ab? Wo willst du denn hin?«, fragte er irritiert.

»Ich werd jetzt erst mal zu Jamal und Marvin ziehen und mir dann ein Zimmer suchen. Ich werd versuchen, meine Sachen in den nächsten Wochen abzuholen.«

»Was soll denn die Scheiße?«, Kevin stand auf und stellte sich Lea in den Weg.

»Wir können kein Paar mehr sein, Kevin. Es ist vorbei. Ich muss jetzt gehen.«

»Was soll das?«

»Lass uns später reden, ich muss erst mal weg.«

Kevin wollte protestieren, bemerkte aber schnell, dass Lea es ernst meinte. Er sah ihr hilflos dabei zu, wie sie ihre Jacke anzog, den Schlüssel vom Haken nahm, sich die Sporttasche über die Schulter hängte und die Wohnungstür hinter sich ins Schloss fallen ließ.

Leas Schritte wurden von Treppenstufe zu Treppenstufe beschwingter und leichter. Ein neuer Abschnitt ihres Lebens hatte begonnen und sie wollte nicht zurückschauen, nur noch nach vorne. Sie war jetzt frei und das fühlte sich unglaublich gut an. Sie atmete tief durch, als auch die Haustür hinter ihr ins Schloss fiel. Das war ein Schritt nach vorne. Das war gut.

*

Paula hatte sich inzwischen von ihrem Schockzustand, nachdem sie von Oles Unfall erfahren hatte, erholt und bereitete mit unermüdlichem Eifer die Gründung ihrer eigenen Firma vor. Auch wenn sie sich noch nicht ganz im Klaren darüber war, ob sie Shirts entwerfen, Life-Assistants managen, Promotionaktionen organisieren oder das alles gleichzeitig beziehungsweise etwas ganz anderes machen wollte, war sie guten Mutes und mit voller Energie dabei. Sie sah sich verschiedene Beratungsangebote für Unternehmer an und begegnete dabei anderen Menschen, die sich in einer ähnlichen Situation befanden. Die genau wie sie ihr Leben nicht mehr damit verbringen wollten, die Ziele anderer zu erreichen, sondern die lieber das in die Tat umsetzten, woran sie selbst glaubten.

Bei einer dieser Infoveranstaltungen begegnete sie einem außergewöhnlichen Typ namens Ramses. Ramses hatte seinen ganz eigenen Stil. Er trug schicke Vintageanzüge und bunte 70er-Jahre-Kleidung. Er war laut und ließ seinen Bauch wackeln, wenn er ungehemmt lachte. Er war nicht schön, aber ein männlicher Typ; jemand, der sein eigenes Ding drehte und sich dabei ganz prächtig zu fühlen schien.

Paula war sofort von ihm fasziniert. So einen Mann hatte sie noch nie getroffen. Er flirtete nicht mit ihr. Stattdessen führten sie richtig intensive Gespräche. Er stellte tiefgründige Fragen und sprach ganz offen über seine Gefühle und Erfahrungen. Dabei sah er sie mit einem durchdringenden Blick an, nahm jede ihrer Regungen wahr und reagierte sofort darauf. Paula hatte in seiner Gegenwart nicht das Bedürfnis, zu kokettieren, mädchenhaft zu kichern oder ein falsches Lächeln aufzusetzen. Mit ihm war sie einfach nur sie selbst.

Er lebte auf Sankt Pauli in einem Gruppenwohnprojekt. Dieser Wohn- und Lebensentwurf war für Paula ganz neu.

Etwa zehn Leute lebten in einem großen Haus mitten auf dem Kiez und teilten Freunde, Handtücher und Lebensmittel. Als Paula zum ersten Mal zum Abendessen dorthin eingeladen wurde, erkannte sie sich selbst kaum wieder. Sie war unaufgeregt, fühlte sich einfach nur wohl und gut. Sie wurde aufgenommen, ohne dass sie eine Rolle hätte spielen müssen. Hier war es in Ordnung, dass jeder seine Eigenheiten aufwies. Paula konnte von ihren spirituellen Experimenten erzählen und niemand hob die Augenbrauen. Hier konnte sie einfach nur sie selbst sein.

Paula fühlte sich dort so wohl, dass sie bald fast jeden Tag vorbeikam, um mit den Bewohnern Tee zu trinken oder ihnen Gesellschaft zu leisten, wenn sie im Wohnzimmer Filme schauten. Man aß fast ausschließlich vegetarisch. Der Umgang war sehr körperlich, man umarmte sich, lehnte sich aneinander, ging eingehakt in der Schanze spazieren. Keine Verpflichtungen, keine Zwänge, alles war easy. So wurde auch Ramses ein Freund und Vertrauter für Paula, mit dem sie körperliche Berührungen teilte, ohne dass sie miteinander schliefen. Anfangs genoss sie das sehr, doch irgendwann fiel ihr auf, dass sie noch ganz andere Wünsche hatte, was Ramses betraf. Dass sie sich nach mehr Nähe sehnte, wenn sie in seiner Gegenwart war. Die Reihenfolge irritierte sie. Bisher hatte sie ihre Beziehungen mit Männern immer über die sexuelle Schiene aufgebaut und vielleicht später irgendwann bemerkt, dass es auch außerhalb des Bettes eine Anziehung oder Gemeinsamkeiten gab. Oftmals hatte es die aber nicht gegeben.

Doch Ramses hatte sie zuerst als Person begeistert. Sie hatte ihn schon längst als »zuverlässigen Kumpel« klassifiziert, als sie zu ihrer eigenen Überraschung immer wieder ein Kribbeln bemerkte, wenn er sie berührte. Sie hatte überhaupt keine Ahnung, wie sie die freundschaftliche Beziehung in eine sinnliche umwandeln könnte oder wie sie herausfinden sollte, was sein Standpunkt in dieser Angelegenheit war. Sie war sich noch nicht einmal sicher, ob er nicht schwul sein könnte. Oder auch asexuell, denn er sprach nie über seine sexuellen Beziehungen.

Also wartete sie ab und versuchte, sich selbst zu beobachten, um herauszufinden, ob ihre eigenen Gefühle beständig waren oder wieder verschwinden würden; so plötzlich, wie sie aufgetaucht waren. Doch sie verschwanden nicht. Sie wurden sogar stärker. Paula begann, nachts von Ramses zu träumen. Davon, wie er an ihren Körperöffnungen saugte und leckte und dann zu ihr aufsah und ihr zärtliche Worte zuflüsterte. Was er sagte, konnte sie leider nicht verstehen, aber sie wünschte sich nichts mehr, als dass dieser Traum in Erfüllung gehen würde.

Eines Abends war sie wieder im Gruppenhaus, wo in Teamarbeit ein mehrgängiges Abendessen zubereitet wurde. Einer der Besucher hatte einen ganzen Karton Rotwein mitgebracht und eines der erklärten Ziele des Abends war, dass weder vom Essen noch von den Getränken etwas übrig bleiben sollte. Ramses und Paula ließen sich nicht zweimal bitten und genossen den Wein, der ihre Gespräche und ihr Lachen immer intensiver werden ließ. Sie waren total aufeinander fixiert und so ergriff Paula nach dem zweiten Gang – einer Salatkreation mit überbackenem Schafskäse – die Chance, ihn aus der großen Küche zu lotsen. Er kam bereitwillig mit ihr ins obere Stockwerk und legte sogleich einen Arm um Paula, um sie zu führen.

»Ich brauch mal 'ne Pause. Und ich wollte mit dir alleine sein.« Paula hatte Gänsehaut, weil sie sich vorstellte, dass sie gleich so berührt werden würde, wie sie es sich seit Wochen wünschte.

»Klaro, gehen wir in mein Zimmer. Ich wollte dir sowieso noch diesen Clip auf YouTube zeigen. Wir können kurz entspannen, das Essen läuft schon nicht weg.« Er war fröhlich wie immer. Unter Alkoholeinfluss redete er etwas lauter und schneller als sonst. Paula war verunsichert. Ja, er mochte sie. Das war klar. Ja, er verbrachte gern Zeit mit ihr. Auch das war klar. Aber wollte er mehr? War es richtig, die junge Freundschaft aufs Spiel zu setzen, wenn sie hierbei so viel verlieren konnte? Trotzdem sah sie keinen anderen Weg, als es jetzt zu versuchen.

Ramses stellte sein MacBook aufs Bett und schlüpfte gleich mit Paula, die sich an ihn kuschelte, unter die Decke. Als er sagte: »Mist, das Video ist nicht mehr online, das haben sie wohl gesperrt«, entgegnete sie: »Ist doch egal, wir können ja auch Musik hören oder ein bisschen pennen.« Sie schmiegte sich noch enger an ihn und umarmte ihn. Sie drückte ihren Kopf an seine Brust und räkelte sich. Er streichelte ihren Rücken. Auch Paula setzte nun ihre Hände ein, arbeitete sich von seinen Armen nach unten vor und war irgendwann an seiner Hüfte angelangt. Sie verweilte kurz an seinen Außenschenkeln, bevor sie seinen Hintern umfasste. Alles war fest und angespannt. Aber er zog sich nicht zurück, zuckte nicht einmal. Unter Paulas Händen schien er langsam locker zu werden. Also verstärkte Paula ihren Einsatz und presste ihren Oberkörper an seinen. Er hatte die Augen geschlossen und ein zufriedenes Lächeln breitete sich in seinem Gesicht aus. Es dauerte etwas, bis auch seine Hände sich wieder bewegten, bis aus den leichten Berührungen ein liebevolles Streicheln wurde.

Schließlich hob er seinen Kopf und seine Lippen bewegten sich auf die ihrigen zu. Sein Mund war leicht geöffnet und Paula kam ihm entgegen. Sie setzte sofort ihre Zunge ein, leckte, biss und kniff Ramses gleichzeitig, der immer mal wieder kurz verschreckt aufblickte, um sich dann doch zu beteiligen. »Was hast du denn mit mir vor? Ich kann gleich für nichts mehr garantieren«, stöhnte Ramses. Paula entgegnete nur: »Das sollst du auch gar nicht, lass einfach los.« Ramses' Bewegungen wurden sofort heftiger, seine Küsse und Berührungen fordernder. Er wälzte sich auf Paula, zog ihr eilig das Top über den Kopf und machte gleich mit der Hose weiter. Paula war überrascht, wie schnell auch er komplett nackt war und ein Kondom in seiner Hand hatte.

»Du bist so heiß!« Er streifte sich das Kondom über, legte sich auf Paula und ließ seinen Schwanz in ihre Muschi gleiten. »Hm, davon hab ich schon die ganze Zeit geträumt.« Er bewegte sich rhythmisch, kreiste mit seiner Hüfte, brachte Paula innerhalb kürzester Zeit zum Schwitzen und kehligen Stöhnen.

Das hier war besser als Selbstbefriedigung, weitaus besser. »Du machst mich komplett fertig, Ramses«, seufzte sie. Er sagte: »Genau das hab ich vor!« Und er hielt sein Versprechen, ließ Paula schweben und schreien. Dass im unteren Stockwerk Leute waren, die sie hören konnten, interessierte sie nicht. Sie verloren jedes Gefühl für Raum und Zeit. Nachdem sie beide kurz hintereinander gekommen waren, zitterten sie am ganzen Körper. Ramses lag nass und keuchend auf ihr und war wie weggetreten. Paula sammelte sich als Erste: »Ich glaube, wir können zusammenarbeiten, oder? Gründen wir 'ne gemeinsame Firma?« Ramses grinste und kuschelte sich an sie.

*

Lea hatte sich nicht nur aus ihrer Beziehung und Wohnsituation befreit, sondern sich auch bei der Filmproduktion eine Auszeit genommen. Dort hatte man mit für sie überraschendem Verständnis darauf reagiert, dass sie zunächst ihre Prüfungen hinter sich bringen wollte, um danach erst richtig einzusteigen. Und plötzlich machte es ihr wieder Spaß, im Raum 3 zu arbeiten. Sie sang lauthals und war glücklich darüber an diesem Ort zu sein, wo sie sich schon seit so langer Zeit wohlfühlte und an dem sie sich mit Menschen umgeben konnte, die sie wirklich mochte. Die Leute, die ihr nicht gefielen, behandelte sie einfach so, dass sie nicht lange blieben und meist auch nicht zurückkamen.

Sie fühlte sich stärker, seit sie wieder Single war und hatte nun endlich begonnen, sich ernsthaft und strukturiert auf ihre Abschlussprüfungen vorzubereiten. Zur Feier ihrer neuen Freiheit hatte sie ihre besten Freundinnen dazu eingeladen, sie bei der Arbeit zu besuchen. Im Haus 48 stand der nächste Slam an. Und auch diese Veranstaltung wollte sie von alten Erinnerungen befreien. Lea umarmte Paula und Tine gleich beim Reinkommen stürmisch und servierte sofort trockenen Rotwein. »Fair trade aus Südafrika, echt lecker«, ließ sie die beiden wissen.

»Hey, wir müssen uns wirklich mal feste Termine setzen«, erklärte Paula. »Sonst klappt das nie mit den Mädchenrunden!«

»Stimmt«, prostete Tine den anderen beiden zu. »Es ist viel zu viel passiert seit dem letzten Slam!«

»Aber echt! So viele Männer sind aus dem Rennen. Hat überhaupt eine Einzige von uns noch den gleichen Typ wie beim letzten Mal?«

»Hm, stimmt, Lea, die sind alle verschwunden! Max, Kevin, Ole, sogar Dave ... Einmal komplett ausgetauscht. Wie witzig!«

»Ja, aber keine von uns hat was verloren, oder? Ich jedenfalls nicht!«, rief Tine aus vollster Überzeugung. »Die können mich mal.«

»Ich definitiv auch nicht! Kevin war ja echt ein Klotz am Bein und mit Dave wäre es auch keinen Deut besser geworden. Ich fühle mich wie neugeboren. Kein blödes Männerbemuttern mehr für mich, nein danke!«

»Mir geht's genauso«, bemerkte Paula, »jetzt ist Action angesagt. Meine Firma wird entstehen und ich hab den besten Sex meines Lebens mit jemandem, der 'ne Menge mehr als nur das Bett mit mir teilt.«

»Was? Haben wir da was verpasst? Mit wem gibt es Sex?«

Paula grinste. »Er heißt Ramses und ist ein wirklich spezieller Typ. Ich weiß bei ihm nie, was kommt, aber es ist immer gut.«

»Verstehe. *So* einer. Und wo kommt der Traumprinz plötzlich her?«

»Der will auch ein Unternehmen gründen. Vielleicht machen wir das jetzt sogar zusammen. Zumindest können wir uns ein Büro in der Schanze teilen.«

»Wenn es in der Schanze noch bezahlbaren Raum für junge Gründer gibt«, erklärte Tine. »Die Zeiten haben sich ja leider geändert.«

Lea war aus anderen Gründen skeptisch: »Ist das nicht ein bisschen voreilig? Hast du den nicht gerade erst kennengelernt?«

»Na klar, aber so hab ich mich noch nie mit jemandem gefühlt, Lea. An seiner Seite würde ich mich so ziemlich alles trauen.«

»Du machst mich fertig! Aber klar, warum sollte man es nicht einfach versuchen? Mehr als schiefgehen kann es ja nicht.«

»Und vielleicht klappt es ja auch einfach …«

»Also, ich wünsch dir das auf jeden Fall! Ich finde, wir haben es alle verdient, glücklich zu sein.«

»Bei mir ist es schon so weit.«

»Bei mir auch.«

»Ich seh schon, wir werden bald 'ne Menge Anlässe zum Feiern haben! Darf ich jemandem noch ein Glas Wein anbieten, bevor wir rübergehen?«

»Klaro.«

Die drei prosteten sich zu und perfektionierten ihr Make-up direkt an der Bar. Tine fragte sich insgeheim, ob Mystic Dan wieder auftreten würde, und ärgerte sich darüber, dass sie nicht selbst einen Text vorbereitet hatte. Plötzlich kam ihr eine Idee: »Hey, ich will heute aber in die Jury! Wie wär's, wenn wir getrennt reingehen und alle Jurymitglieder werden? Dann haben wir mit drei zu fünf Stimmen den ganzen Slam in der Hand!«

»Coole«, meinte Lea, »so pushen wir die richtigen Leute!«

Plötzlich mischte sich Ken ein, der bis dahin respektvollen Abstand gehalten hatte: »Na, auf dass die Ladys sich heute so richtig amüsieren!« Er hielt ein Longdrinkglas hoch, das mit Cola und wahrscheinlich auch mit Hochprozentigem gefüllt war. »Heute ist nämlich ein Freund von mir dabei, den könnt ihr ja ein bisschen supporten!« Lea stieß erfreut mit ihm an. »Na klar, Ken! Wenn doch alle Männer so wären wie du, du Superheld!«

»Na, dann würdest du ja alle Männer übersehen, Girlfriend.«

Lea kicherte und trank in einem einzigen Zug ihr gesamtes Glas leer, das sie dann schwungvoll auf den Tresen stellte. Nur Tine schien den seltsamen Unterton in Kens Entgegnung bemerkt zu haben und zog eine Augenbraue nach oben. Lea rief: »Du kommst mit dem Abwasch doch sicher alleine klar, während ich mich schon mal amüsieren gehe? Nicht wahr, Schatz?« Dann wandte sie sich wieder ihren Freundinnen zu und ließ sich von ihnen nach draußen geleiten. Sie fühlten sich großartig.

*

Der dunkle Raum im Haus 48 war gut gefüllt, obwohl diesmal eine unbekannte Moderatorin als Ersatz für Dave eingesprungen war. Alles wartete gespannt darauf, dass die ersten Teilnehmer loslegten. Ein Spot war auf das Mikrofon gerichtet, das einsam in der Mitte der kleinen Bühne stand.

Als Lea sich im Raum umsah, entdeckte sie ihren Schutzengel Jah-Free und wusste damit sofort, dass der Tag für sie positiv ausgehen würde. Sie dachte an die Insel in ihr selbst und atmete tief durch. Ihre Zeit war gekommen, das spürte sie ganz deutlich. Jah-Free lächelte sie an und legte eine Hand auf seine Brust. Sein Blick war aufmunternd und warm wie immer. Lea konnte nur »danke« denken und vergegenwärtigte sich all die schönen Dinge, die sie in ihrem Leben hatte: Freundinnen wie Paula und Tine, ein interessantes Studium, Kollegen wie Ken ... Ach ja, Ken, das war eigentlich der einzige Mann, der sie verstand und seit Jahren all ihre Phasen mitmachte, ohne sich von ihr abzuwenden. So was war viel wert. Und sehr selten. Sie kam auf die Idee, sich auch mal privat mit ihm zu treffen. Bei der nächsten gemeinsamen Schicht wollte sie das vorschlagen.

Die Ersatzmoderatorin, die sich »Cat« nannte, nutzte ihre Chance und rief sofort einen »Frauentag« aus, weil die

Slams ansonsten fast ausschließlich von Männern moderiert wurden. Das Publikum, das normalerweise an Daves Lippen hing, schien sich weiterhin dort zu tummeln und sich zu amüsieren. Zum offiziellen Frauenslamtag gehörte eine rein weibliche Jury und ein automatischer Punktevorsprung für die Slammerinnen – leider waren das auch an diesem Tag nur zwei, die gegen acht Männer antraten. Der Plan von Lea, Tine und Paula ging voll auf; alle drei hatten ihre Blöcke und dicke Eddings in der Hand, als der erste Slammer loslegte. Lea war glücklich darüber, diesem Performer mit einer Eins nur die absolute Mindestpunktzahl geben zu können, weil er ihr ziemlich missfiel.

Er repräsentierte ziemlich exakt das Phänomen, das sie bei ihren Studien über kulturelle Aneignung untersuchte. Sie verachtete Leute, die sich in Klischees suhlten und die wirklichen Opfer konsequent zu ihrem melodramatischen Vergnügen missbrauchten. Hier war nun ein weißer deutscher Mann mittleren Alters, der die Perspektive eines sierra-leonischen Kindersoldaten einzunehmen versuchte und klischeegetreu über das Leben und Leiden auf dem afrikanischen Kontinent berichtete. Lea erwog es ernsthaft, sich mit dramaturgischer Finesse auf die Bühne zu übergeben, um ihr Missfallen noch deutlicher zu zeigen. Doch als er behauptete, es würde in Afrika »an jeder Straßenecke« Kalaschnikows für zehn Euro geben, war ihr klar, dass kein Mensch hier so blöd sein könnte, ihm Glauben zu schenken.

»Klaro, in 53 afrikanischen Staaten gibt es überall die gleiche Waffe zum gleichen Preis auf der Straße«, motzte Lea Tine ins Ohr. »Muss ja ein ganz schön eintöniger Kontinent sein. Ist zwar dreimal so groß wie Europa, aber trotzdem ist da alles uniform und, ach, ja alles ganz furchtbar schrecklich!«

Als Lea den Performer nach seinem Auftritt minimal bewertet und ihm damit einen Denkzettel verpasst hatte, taugte das Thema nicht mehr zum Aufregen und sie konnte wieder dazu übergehen, sich über Jah-Free und Ken zu freuen und ihre Gedanken in eine positive Richtung zu lenken.

Und dann kam ein neuer Slammer auf die Bühne, der Lea sofort bekannt vorkam. Ein kleiner Typ mit wirren Haaren, einem teuren Anzug und einer dicken dunklen Brille im Gesicht. Eigentlich viel zu glatt für die Schanze. Der war auf jeden Fall schon mal im Raum 3 aufgetaucht, fiel ihr ein, als er sich vorzustellen begann: »Ja, ich bin jetzt eigentlich kein Slammer, ich stehe heute zum ersten Mal hier auf der Bühne. Eigentlich schreib ich an einem historischen Roman und meine Freundin hat gesagt, dass ich zu sehr in der Vergangenheit feststecke und auch mal was schreiben muss, das aktuell ist. Danke, Schatz, dass ich mich jetzt hier zum Horst machen muss!« Er winkte einer kurzhaarigen Frau zu, die in der zweiten Reihe saß. Auch sie kam Lea bekannt vor. Die müssen schon öfter zusammen im Raum 3 gewesen sein, dachte sie. Sie erinnerte sich plötzlich daran, dass die beiden immer mal wieder direkt an der Bar gesessen hatten.

Der Typ – er nannte sich Caruso – redete ohne jede Pause weiter und hatte das Publikum schnell auf seiner Seite. Die Leute lachten und warteten gespannt auf seine Geschichte, die eigentlich schon längst begonnen hatte: »Also, weil ich ja die meiste Zeit in meinem dunklen Keller sitze und eigentlich nie ans Tageslicht oder zumindest nicht unter Menschen komme, hatte ich jetzt nicht so viele aktuelle Themen zur Auswahl. Eigentlich sehe ich überhaupt nur zwei Leute. Eine davon ist meine Freundin, aber die hat mir einfach gleich mal verboten, sie überhaupt nur vorkommen zu lassen. Sonst könnte ich es komplett vergessen, dass sie mich jemals wieder ranlässt, und das wär natürlich fatal. Das passiert nämlich sowieso nur einmal im Jahr, also ... es dürfte bald wieder so weit sein, oder, Schatz?« Die Frau im Publikum rollte mit den Augen und Caruso fuhr fort: »Ansonsten kenn ich nur meinen Barmann. Der schreibt auch. Und betrinkt sich mit mir, wenn er nichts zustande bringt. Aber der geht mir so was von auf die Nerven! Wollt ihr wissen, warum?«

Ein paar Typen aus dem Publikum riefen »ja« oder »klar«, doch das reichte Caruso nicht: »Also, wenn ihr keinen Bock habt, hör ich jetzt sofort auf! Seid ihr bereit?« Jetzt klatschten und schrien die Leute, bis Caruso fand, dass es genug war und loslegte: »Der Text hat den Titel, ›Geh mir nicht auf den Sack, Alter!‹ und ist, wie gesagt, meinem Barmann gewidmet, der sich in irgend 'ne Tussi verknallt hat, es aber nicht hinkriegt, sie darauf anzusprechen und seit Wochen nur rumheult, weil er deswegen nicht mehr schreiben kann.« Carusos Verachtung für seinen Barmann wurde von seiner Betonung und Körpersprache deutlich hervorgehoben:

»Du gehst mir auf den Sack, Alter,
Leidest wegen dieser Tussi, die doch die ganze Zeit mit dir
 hinter der Bar rumwackelt, du Idiot!
Warum checkst du nicht mal, wie sie dich findet,
Sondern kultivierst nur deine Not?
Digger, du benimmst dich wie ein Haufen Kot!
Heulst rum, weil die Superfrau nicht dein Händchen hält
Und immer den falschen Typen in die Arme fällt.
Hey, nach Bushidos Definition wärst du nichts als ein Opfer.
Mann, hol sie dir endlich, das ist doch nicht so schwer,
Aber du leidest nur, kannst nicht mehr schreiben,

Läufst immer nur hin und her,
Willst sie verführen, dir ihren Namen tätowieren,
Doch du scheinst nicht zu kapieren:
Es kann nichts passieren,
Wenn du nicht handelst, Alter.
Erzählst mir einen von *Lea* hier und *Lea* da,
Hey Alter, komma klar!«

Caruso las weiter, aber Lea hatte genug gehört. Sie war die Frau, um die es in diesem Gedicht ging! Das hatte sie schon geahnt, als ihr Name noch gar nicht gefallen war. Sie fühlte sich geschmeichelt und dachte über Ken nach. Er war cool und er war sexy, keine Frage. Ein echt guter Kumpel und Kollege war er obendrein. An mehr hatte sie bei ihm aber trotzdem nie gedacht. Was sprach dagegen? Ken hatte sich in sie verknallt, wenn es nach diesem Gedicht ging! Sie wollte ihn sofort sehen und wusste ganz genau, was zu tun war.

Sie verließ das Haus 48, ohne sich von irgendjemandem zu verabschieden, und stürmte mit Juryblock und Edding in der Hand zum Raum 3. Die Tür war bereits abgeschlossen, doch sie konnte Ken durch die Fensterscheiben hinter der Bar stehen sehen, wo er etwas polierte. Sein Kopf war nach unten geneigt, er wirkte missmutig und nachdenklich. Lea klopfte mit der flachen Hand gegen die Scheibe. Ihr Herz pochte wild. Ken hob seinen Kopf, sah Lea direkt in die Augen und wusste sofort Bescheid: Sie hatte es begriffen. Und sie war hier, weil sie es auch fühlte. Er rannte zur Tür, suchte hektisch nach dem passenden Schlüssel an seinem Bund. Mit zittrigen Fingern kriegte er endlich den richtigen zu fassen und ließ Lea herein. Sie streckte sofort die Arme aus und fiel Ken um den Hals. Der hob sie hoch, zog sie nach drinnen und ließ ihre Füße über den Boden schleifen. Er brachte sie die Treppen hinunter in die Küche des Ladens, wo das Licht noch an war.

Worte waren nicht mehr nötig. Block, Stift und Kleidungsstücke fielen zu Boden. Auch wenn die beiden sich nie vorher sexuell berührt hatten, war es jetzt, als wüssten sie genau, was zu tun war und hätten nur eine viel zu lange Pause gehabt. Da gab es kein Zögern, als Ken Leas Lippen mit seinen umschloss, ihren Hintern packte und ihre Pobacken sanft, aber bestimmt festhielt. Sie bog ihren Oberkörper wie eine Tänzerin nach hinten durch, als er mit seiner Zunge an ihrem Körper heruntergliitt. Er drehte sie so um, dass sie nun mit ihrem Hintern vor ihm stand, und presste ihren Körper mit aller Kraft gegen seinen. Er bewegte seine Hüften kraftvoll vor und zurück und umklammerte sie so fest, dass sie sich kaum mehr eigenständig bewegen konnte. Beide begannen, im gleichen Rhythmus zu atmen. Schließlich sagte er: »Weißt du, was ich mir schon immer gewünscht hab?«

Lea entgegnete: »Nein, aber du kannst alles von mir haben.«

»Wirklich alles?«

Lea überlegte nicht lange und sagte: »Ja, alles.«

»Dann möchte ich, dass du für mich singst.«

»Singen?!«

»Ja, ich liebe deine Stimme so sehr und möchte sie so gerne einmal ganz für mich alleine haben.«

Lea war kurz irritiert, denn sie spürte noch immer seinen steifen Schwanz an ihrem Hintern und wollte sich auf ihn konzentrieren. Sie seufzte leise und begann dann zu summen. Kens Bewegungen wurden sofort wilder. Sie ging vom Summen zum Singen über, »Brown Skin« von India.Arie kam ohne großes Nachdenken aus ihrem Innern.

Sie bemerkte, dass Kens Schwanz jetzt nicht mehr unter Baumwolle war, sondern frei, heiß und hart gegen ihren Hintern stieß. Er umklammerte sie mit einem Arm, sodass sie kaum noch Luft zum Singen bekam. Mit dem anderen nestelte er an ihrem Hosenbund, bis auch sie untenrum frei war. Sie spürte, wie sein Schwanz zuckte, als er zwischen ihren Schenkeln verschwand. Die beiden bewegten sich immer heftiger vor und zurück und Lea konnte es kaum erwarten, seinen Schwanz endlich in sich zu spüren und mit Ken zu verschmelzen. Sie konnte sich nicht mehr auf ihr Lied konzentrieren, weil sie zwischendurch keuchen, seufzen und leise stöhnen musste.

Als sein Schwanz nach einer gefühlten Ewigkeit in sie hineinglitt, war es mit dem Singen endgültig vorbei. Sie schrie auf, weil sie sich von der Härte und Struktur seines Schwanzes in ihr überwältigt fühlte. Sie drehte ihren Kopf nach hinten, um ihn anzusehen. Sie wollte ihm in die Augen sehen, ihn küssen, ihn fühlen. Sein fester Griff ließ es zunächst nicht zu, dass sie sich zu ihm umdrehte, doch als sie es mit mehr Druck versuchte, lockerte sich seine Umklammerung.

Sie stand ihm nun gegenüber und er hob sie sofort hoch, setzte sie auf dem kalten Metall der Küchenarmatur ab. Lea konnte kaum fassen, dass sie ihn gerne ansah, dass ihr das Bild gefiel, dass sie permanent Augenkontakt mit ihm haben wollte. Sie zog sein Gesicht an ihres und begann, ihn leidenschaftlich zu küssen. Seine Zunge war so stark wie der Rest seines Körpers, seine Küsse waren fordernd und verzehrend. Lea umklammerte nun seine Hüfte mit ihren Beinen und regulierte so seinen Rhythmus. Tropfen von Schweiß und Körperflüssigkeiten sammelten sich auf dem Metall und machten es schmierig, sodass Leas Hintern auf der Platte hin und her rutschte. Die Stoßbewegungen verursachten immer intensiver werdende Geräusche, die zusammen mit Leas Seufzern und Kens kehligem Stöhnen etwas ergaben, das nach einem Minimal-Elektro-Soundtrack klang.

Leas ganzer Körper vibrierte, als Ken in einer großen Eruption kam. Seine Zuckungen waren so heftig, dass sie Lea mitnahmen, die sich nun an Ken festkrallte. Bis sie ihn wieder losließ, um sich an die Metallplatte zu schmiegen. Sie schaute sich Ken noch einmal genau an, der noch immer heftig atmete, und als er ihren Blick erwiderte, begannen sie beide, heftig zu grinsen.

»Ich hätte nie gedacht, dass es noch schöner wird als in meinen Träumen.« Er hob sie von der Bar und trug sie zur Personaltoilette, die eigentlich klein und eng und nicht besonders sauber war. Er nahm sich ein paar feuchte Tücher, überließ Lea den Raum und ging nach draußen. Lea säuberte sich benommen und glückselig, spürte noch einmal nach, was sie gerade alles erlebt und empfunden hatte, und wusste, dass Sex für sie nie wieder so sein würde wie zuvor.

*

Tines Leben hatte nur noch einen Inhalt: Mareks Theatergruppe. Jeden Tag wurde stundenlang geatmet, empfunden, getanzt, performt. Sie übten gemeinsam Improvisation, Pantomime und dann immer wieder die Königsdisziplin der Crew: sich fallen zu lassen. Ab und an, wenn es Mareks Einschätzung nach an der Zeit war, gab es kleine politische Aktionen, die sich gegen Gentrifizierung richteten. Für alle Beteiligten ging es bei diesem Theater nicht nur um Unterhaltung, sondern um einen künstlerischen Ausdruck komplexer Lebenswirklichkeit und um politischen Widerstand. Es gab keine Aufführungen, es gab Performances und kleine Aktionen im Alltag, die Menschen in ihren festgefahrenen Gewohnheiten irritieren sollten.

Tine interessierte sich nicht mehr für das Sonnenstudio und auch noch nicht einmal mehr dafür, sich weiter sexuell auszuleben. Sie wollte jetzt den Dingen auf den Grund gehen und etwas in der Welt bewegen. Das war für sie auf einmal eine viel spannendere, viel bereicherndere Facette ihres Lebens. Manchmal ging sie spazieren, nur um aufmerksam zu empfinden, was in der Welt gerade stimmte und was eben nicht. Bei einer dieser Touren lief sie zufällig Paula und Ramses in die Arme. Die tauchten nur noch gemeinsam auf und hatten im Schanzenviertel ihr Paarrevier gefunden. Sie durchstreiften Susannenstraße, Schulterblatt, Schanzenstraße und Neuen Pferdemarkt auf der Suche nach Beute: einer bahnbrechenden Idee samt Location für ihr Business, das sie nun unbedingt gemeinsam starten wollten. Sie konnten ihre Hände kaum auch nur für Sekundenbruchteile voneinander lassen, küssten sich zwischendurch spielerisch und strahlten bis über beide Ohren. Sie waren komplett in ihrem Mikrokosmos untergetaucht und fühlten sich dabei ganz offensichtlich pudelwohl.

Paula stellte Ramses stolz ihrer Freundin vor, die sofort sah, dass die beiden ein tolles Team abgaben. »Wie schön, dich endlich kennenzulernen.« Ramses war höflich und aufgeschlossen und sagte mit einer angedeuteten Verbeugung: »Die Freude ist ganz meinerseits.«

Tine lächelte und war sofort von Ramses begeistert. »Ich glaube, Lea arbeitet gerade, wollen wir nicht schnell mal auf 'nen Kaffee in den Raum 3 gehen?«

»Klar, sehr gute Idee!«

So zogen sie gemeinsam weiter und trafen im Raum 3 auf eine breit grinsende Lea, die sie alle herzlich umarmte. »Hey Leute, wie schön, dass ihr vorbeischaut. Ich freue mich total.« Lea hatte verstanden, was ihre Insel war: sie selbst, umgeben von den Menschen, die sie gern hatte und die sie einlud, ihr Leben mit ihr zu teilen. Sie hatte alles, was sie brauchte, und musste nicht mehr weitersuchen. Um ihr neu erkanntes Glück zu begrüßen, lud sie ihre Freunde ein, am Elbstrand mit ihr zu feiern. Sie würden essen, trinken, Lea würde singen, Ken seine Texte vorlesen, Tine würde einfach genau das tun, was ihr gerade einfiel. Alle wären frei, gelöst und würden das Leben mit all seinen Facetten feiern. Jah-Free sollte unbedingt mit dabei sein und sein wunderbar ansteckendes Lachen lachen.

Nach einem tollen Abend mit all den wichtigen Menschen würde sie dann einen langen Spaziergang machen. Mit Ken an der Hand. Mit nackten Füßen im Sand. Und irgendwann würden sie an einem wunderschönen Ort stehen bleiben, sich direkt in die Augen sehen, dem Wasser lauschen und sich einfach nur treiben lassen …

ANAIS

FRÜHLING UND SO

SPIEGEL-BESTSELLER! EIN ROMAN ÜBER EINE SEXUELLE ODYSSEE
UND DIE SUCHE NACH DER GROSSEN LIEBE

FRÜHLING UND SO
ROMAN. ANAIS BAND 1
Von Rebecca Martin
320 Seiten, Paperback
ISBN 978-3-89602-547-0 | Preis 9,90 €

»Rebecca Martin hat mit ›Frühling und so‹ einen Erotik-Bestseller geschrieben – urban, sexy und authentisch. Das literarische Können der 18-Jährigen wird von den Lesern begeistert aufgenommen.« SPIEGEL Online

»›Frühling und so‹ von Rebecca Martin hat einen anderen Hintergrund als ›Feuchtgebiete‹. Es erzählt von einem Jahr im Leben eines Teenagers – mit viel Sex, aber auch mit Schule, Freunden und Clubs. Das ausschweifende 18. Lebensjahr von Raquel – mit emotionalen Höhen und tiefen Selbstzweifeln.« WAZ

»Endlich erklärt mir ein Mädchen, wie es ist, jetzt und heute Liebeskummer zu haben, verliebt zu sein und One-Night-Stands zu haben. Rebecca Martin macht das großartig.« YAEZ

WWW.ANAIS.DE

Die Autorin

Victoria B. Robinson wurde 1980 als Kind amerikanisch-deutscher Eltern in Nürnberg geboren. Sie verbrachte ihr erstes Lebensjahr in den USA und wuchs in Deutschland auf, wo sie später Amerikanistik und Jura studierte. Heute lebt sie als Journalistin, Autorin und Poetess in Hamburg. Bei Schwarzkopf & Schwarzkopf ist bereits ihr Buch »111 Gründe, Männer zu lieben« erschienen.

Victoria B. Robinson
SCHANZEN-SLAM
Roman

ANAIS Band 9
ISBN 978-3-89602-556-2

ANAIS ist ein Label des Berliner Schwarzkopf & Schwarzkopf Verlages.

Lektorat: Ulrike Fischer
Titelbild: © Izabela Habur / istockphoto.com